JN045211

小説

根津嘉一郎と5人の同志たち

福井保明

財界研究所

はじめに

甲州が江戸時代を含めて難治の国と言われたのは剛腹から来る刃傷沙汰が絶えなかったからである。

甲州人は己が正しいと思えば誰の言う事も聞かず突出し命を捨てた振舞をすると言われる。その典型の一人がこれから描く根津嘉一郎である。

信長に似ている根津嘉一郎の周りには、五人の同志がいた。根津の部下であった人もいたが、そうでない人もいた。正田貞一郎（日清製粉創業者）、宮島清次郎（日清紡績社長）、山本為三郎（アサヒ麦酒：現アサヒグループホールディングス社長）、小林中（富国生命社長、日本開発銀行：現日本政策投資銀行総裁）、山川健次郎（東京大学総長）である。いずれも錚々たる顔ぶれで後に日本経済を支える人物になる。この五人は、それぞれ独立心が強く、信念の人達で命令をすれば容易く動かせるような相手ではない。

しかし根津は彼らを自在に動かしたし、この五人も根津が持っているビジネスへの深い洞察力や不撓不屈の精神、彼らを包み込む義侠の振る舞いに心服して、離れなかった。将の上の将という器量を根津が備えていたためである。

後年になって、根津の会社群は東武鉄道を中心にした東武財閥と言われるようになって巨大になったが、この五人との関係は変わらなかった。さらに後年、根津が日本の教育改革に乗り出して武蔵学園を私財で創始した時、この五人は大いなる賛同者になって、校長を務めたり理事長を務めたりしたが、根津の死後も彼の精神を引き継いで武蔵学園を守り続けた。

私は、根津嘉一郎の生涯をこの五人との関わりを描く事で鮮明にしたいと思っている。あるいはこの五人の生涯を根津との関わりを描く事で鮮明にしたいとも思っている。

果たしてそれがうまく行っているかは読者の判断に委ねるしかない。

本書は史実を基にした小説です。

根津嘉一郎と5人の同志たち

目次

第二章　正田貞一郎

第三章　宮島清次郎

根津嘉一郎（ねづかいちろう）（一八六〇年〜一九四〇年）

写真出典：武蔵学園記念室

甲斐国山梨軍正徳寺村（現山梨県山梨市正徳寺）で江戸時代から続く豪農の家に次男として生まれる。村会議員や県会議員、村長などの政治家を歴任した後、東京に進出。東武鉄道をはじめ二四社の鉄道会社の経営に関わり「鉄道王」といわれた。現代に続く大企業の社長や経営幹部として企業経営に携わり、その数は生涯で一三六社が確認されている（二七二頁 年表参照）。一九〇九年に渡米実業団の一員としてアメリカに渡りロックフェラーに出会い、社会貢献の精神を改めて学び帰国後に学校（現・武蔵大学・武蔵高等学校・中学校）を創立する。

正田貞一郎（一八七〇年～一九六一年）

写真出典：武蔵学園記念室

神奈川県生まれ。一九〇〇年に館林製粉株式会社を創立。一九〇七年に日清製粉と合併したのち、社長、会長、相談役として同社の経営を支えた。一九四二年東武鉄道会長に就任。

宮島清次郎（一八七九年～一九六三年）

写真出典：武蔵学園記念室

栃木県生まれ。岩崎清七の斡旋で根津財閥系の日清紡績に専務取締役として迎えられる。一九一九年に社長就任。厳格な合理主義的経営を推進して経営を立て直し、紡績業界屈指の優良企業に成長させた。

山本為三郎（一八九三年〜一九六六年）

写真出典：「社史 アサヒビールの 120 年」

大阪府生まれ。父より製壜業を継承する。朝日麦酒（現・アサヒグループホールディングス）社長に就任し、事業合併により根津嘉一郎のもとで働く。新大阪ホテル、大阪ロイヤルホテルを設立。「ビール王」「ホテル王」といわれた。

小林中（一八九九年〜一九八一年）

山梨県生まれ。一九二二年、石和銀行取締役兼支配人を経て、一九二九年に根津嘉一郎が社長を務める富国徴兵保険相互会社（現・富国生命保険）に入社。一九四三年社長就任。初代日本開発銀行（現・日本政策投資銀行）総裁、日本航空会長、東急電鉄社長などを歴任。

山川健次郎（やまかわけんじろう）（一八五四年～一九三一年）

写真出典：東京大学文書館

会津藩出身の白虎隊士。東京帝国大学理科大学長、第六代・第九代東京帝国大学（東京大学の前身）総長、明治専門学校（九州工業大学の前身）初代総裁、九州帝国大学（九州大学の前身）初代総長、京都帝国大学（京都大学の前身）総長、旧制武蔵高等学校（武蔵高等学校中学校および武蔵大学の前身）校長を歴任。

第一章 根津嘉一郎

写真出典：根津美術館

●この章に関係の深い人物

写真出典：国立国会図書館より転載

雨宮敬次郎（あめみやけいじろう）（1846年～1911年）
甲州生まれの実業家であり、甲州財閥のうちの一人。「天下の雨敬」「投機界の魔王」といわれた。1879年にアメリカ製石臼製粉器を導入し製粉会社を起業。民間企業として日本初の機械製粉事業で現在の日本製粉となる。

写真出典：山梨中銀金融資料館蔵

若尾逸平（わかおいっぺい）（1820年～1913年）
山梨生まれの実業家であり、甲州財閥のうちの一人。1887年甲信鉄道を設立。1889年甲府市の初代市長に就任。1892年に東京馬車鉄道を買収、1893年に若尾銀行を創立する。根津嘉一郎に投資の基本を語った。第十国立銀行創立にも参加し取締役に選任される。

写真出典：国立国会図書館より転載

福沢桃介（ふくざわももすけ）（1868年～1938年）
埼玉県生まれ。福沢諭吉の娘婿。慶応義塾で学びアメリカに留学。日露戦争後の株式市場の高騰に乗って私財を得て様々な産業の起業に関わる。特に電力業界に資産を投じて成功し、日本瓦斯会社、名古屋電灯等の社長にも就任。電力王、電気王とも称される。

写真出典：国立国会図書館より転載

大倉喜八郎（おおくらきはちろう）（1837年～1928年）
新潟県新発田市出身。江戸に出て乾物商を始める。黒船を見て発奮し、鉄砲商を開業。事業で成功した後、1872年渡米した。その後ロンドンに向かい大久保利通、伊藤博文等の知遇を得る。大倉商会を創設。後の大成建設、帝国ホテル等大倉財閥を創設。

根津家

根津嘉一郎は父、藤右衛門（とうえもん）と母きみとの間に生まれた。二男二女の次弟として生まれた。長兄を一秀と言って病弱だったため生まれた時から惣領として期待されていた。嘉一郎も幼少の頃、栄次郎と呼ばれさらに隆三と名前を変えたが、紛らわしいので嘉一郎として統一する。嘉一郎は甲州人の典型で、幼少の頃も長じてからも、剛腹にして直情径行のまま行動した。議論にやかましく、信じれば誰の言う事も聞かないし、参ったとは口が裂けても言わなかった。

嘉一郎は両親の期待を一身に背負っているので大抵のわがままは通った。きぬは格別嘉一郎を愛しているために、嘉一郎が近所の子供を折檻（せっかん）してその親が抗議に来ても全く意に介さなかった。

嘉一郎は近くの寺子屋に通うようになって読み書きとそろばんを習ったが物事の理解力がずば抜けていて懸命になっているとも思えないのに寺の坊主が所用の時は、代行を務めたりした。上に誰かがいて強制されるときは猛然として反発する。自分が大将の時は機嫌は良かったが、生徒には強制的で、言うことを聞かない生徒は立たせて、それでも聞かない時は叩いて黙らせた。

一方、押さえるだけではだめな事は知っていて小遣いを使って饅頭やお菓子を買って来て、成績が優秀な者には、褒美としてそれを与えた。

代行の時、時々一秀が席についていることがあった。一秀は時々苦しそうに咳をした。嘉一郎は鬱陶しくてならなかった。

この時代、初等教育の次は制度が出来ていないから、教育はそれまでたいていの人間は家業を継いで実教育に入る。鬱勃(うつぼつ)たる志に身を焼かれている嘉一郎は、藤右衛門に江戸へ行かせてくれと懇願するが、家業に全く興味を覚えない嘉一郎を持て余して、藤右衛門は江戸行きを許さなかった。ペリーが来航し日本中が騒然となって、熱に浮かれるように京都と江戸に人は向かっている。安田財閥を作った安田善次郎は、ペリーが来たあと越中から二度の国抜けを敢行して、三度目に江戸へ行った。大倉財閥の大倉喜八郎も国抜けはしなかったが逃げるようにして新発田から江戸へ出た。後に嘉一郎の恩人になる若尾逸平も、三十貫の荷物を担いで小仏峠も越えて江戸へ出ていた。安田善次郎と大倉喜八郎の二人は乾物屋を始めて世に出る機会を待っていた。安田善次郎も大倉喜八郎も若尾逸平も、嘉一郎より遥かに年上だったから江戸行きの第一弾と言うべきものだが、時代は緊急を告げていて嘉一郎はいてもたってもいられなかった。

「何とか江戸に行けるようにしていただけませんか」

嘉一郎は何度目かのお願いを藤右衛門にした。

「江戸へ行ってどうするのだ。どこかの店に丁稚として入るのか」

「いいえ」

「まあ、商売をする気なら丁稚などにならなくてもうちの油業を継げばよい。江戸までわざわざ出る必要もない」

「江戸の私塾に入りたいのです」

「はっ？お前が学問をしたいとは思わなかったな。そんな無駄をする必要はないし、江戸でお前を遊ばせる金もない。そんな事よりお前は郡の役所に見習いに出る年ではないか。江戸へ出るよりもその方がお前の為になる。役所に出ろ」

江戸へ出しても遊郭で遊ぶのが関の山だと藤右衛門は思っていた。

藤右衛門の命令を聞かない訳には行かなくなって郡の役所に出て見習いになった。初日から馬鹿馬鹿しくてやっていられない。見習いと言うのは雑用係で、上司のこまごまとした用事を片付ける小役人のその下の地位である。まじめにやる気が失せてしまった。

雑用係にも役得があった。週に一回か二回、甲府の役所に書類を届けると言う名目で、手間賃をもらって出張扱いで出られる事である。甲府は都会で若い人は出たがった。嘉一郎はその手間賃を仲間に払ってやって週に何度か甲府へ出た。藤右衛門は小遣いを十分嘉一郎に与えていたし、足らなければきぬに無心すればいくらでも出してくれた。甲府で嘉一郎は酒を覚えた。その種の世界も覚えた。芸妓を呼んで接待させる世界も覚えた。

（これは面白い。やめられんぞ）

嘉一郎は酒席でもうるさい男で、ついた芸妓が気に入らないと主人を呼んで代えさせてしまうし、気に入っても議論をふっかけて辟易させてしまう。よほどの事がない限り、芸妓が続く事が無いのだが、それでもそういう芸妓が出ることもあった。金がかかる。月給わずか二円の無職同然であったから、金がかかりすぎると最後は家の金をくすねるしかなくなる。藤右衛門はうすうす気づいていたが黙っていた。男にはそういう時期があると思っていたが、ある女と深みにはまっているらしいと聞こえると黙っていられなくなった。ある日、嘉一郎は藤右衛門に呼ばれた。嘉一郎はうすうす、藤右衛門が何を言いたいのかわかっていた。

「役所の見習いは役得があって甲府へ何度か出張できるそうだな」

「はあ」

「お前が仲間の見習いに金を払って何度も代ってやるそうじゃないか」

「はあ」

「甲府ではなじみの店があってそこに入り浸っていると聞いた。しかもそこの芸妓と深い仲になっていると言う。そうなのか」

「とんでもありません」

「そうか。それなら良かった。結婚前の男がそういう噂が立つとまずいからな」

「はあ」

「その芸妓との縁は切っておけ。わかったな」

「わかりました」

藤右衛門は嘉一郎とその芸妓がどれ程の仲かはわからなかったが、家まで持たせているとは知らなかったろう。ただ直感でこれ以上はまずいと判断した。嘉一郎は結婚前だったからだ。あとくされがあっては困った事になる。縁を切らせるには距離を離すしかない。

「お前は後を継ぐと言う自覚が全くない。遊んでばかりではないか」

「兄さんの健康が回復したと聞きましたが。結婚して子供も生まれたみたいだし」

「また、ぶり返したみたいだ。健康を仮に取り戻したとしても激務には耐えられないんだ」

「はあ」

「お前が本当に行きたいのなら江戸の私塾に行かせてやっても良い」

「本当ですか」

「但し期間は一年だ。それと出してやる費用も最低限にする。江戸で芸妓に染まってもらう訳には行かないからだ」

「行かせてください」

「行く前に身辺を綺麗にしておくんだぞ」

「わかりました」

物の本によれば嘉一郎は二十一歳の時、家族に無断で家を飛び出し江戸に出たと書いてある。根拠は『世渡り体験談』という嘉一郎本人の書いたものだが、五十年前の昔を振り返った本である。こういう本は本人の記憶が曖昧であるのに加えて座談で面白おかしくしゃべろうとするのでどうなのだろうか。彼は東京へ出て陸軍士官学校に入るつもりだったが年齢制限の為に入学資格が取れず、その後、馬杉雲外が教える漢学塾に移ったと記している。馬杉雲外は激越な勤王家で革命家とも言える実践主義者だった。事が成功して明治維新になって漢学塾と言う私塾の教師になった。嘉一郎はその私塾で雲外から日本史を学んだが、その事については何の記述もない。激越な勤王家の歴史授業を聞きながら、その感想や雲外の人柄にも触れていない。喧嘩をした事や鯨飲した青春話は書いてあるがそれ以上の事はない。郷里から送られる金が少なかったらしいから貧乏話は書いてあるが。

しかもしばらくして嘉一郎は漢学塾を移った。新しい漢学塾の先生は古屋周斎と言った。この古屋に対しても感想を述べていない。

嘉一郎は後年になって、日本の教育制度に関心を示すようになり私財を投入して学校を作った。そこから考えると馬杉雲外にも古屋周斎にも飽き足らない物があったのではないか。

約束の一年は過ぎて三年が経った。故郷から戻って来いと緊急の連絡があって嘉一郎は甲府に戻った。まだ進むべき道を見つけられずにいた。

叔父

少し時代を戻すが、嘉一郎の叔父を嘉平と言った。嘉平はある家の養子で入る事が決まっていたのに何人かに妨害されて話がつぶれた。嘉平だけでなく藤右衛門も怒り何度か交渉したが埒が明かず訴訟するしかなくなった。訴訟を起こせば勝っても負けても財産を失う可能性が高い。訴訟を起こしても役人はのらりくらりいつ終わるとも知れない。

ある日、嘉平が消えた。

逐電した嘉平はその足で江戸の九段にあった斎藤弥九郎の練兵館に入門した。位は桃井、業は千葉、力は斎藤と後に言われた江戸三大道場の一つで、門弟はそれぞれ三千人近くいる。嘉平は物も言わず修業に励んだ。彼は本懐を遂げれば死ぬ気であったから自分の命が一年しかない事はわかっていた。修業が終われば甲州に取って返して仇を討つつもりだった。仇を討つのに失敗した時も同様に死ぬしかなくなる。殺されるからである。朝、昼、晩、深夜の一人稽古、めきめきと上達して自分の剣の位が上がっているのが自覚できた。一方、剣術は三年で初心と言うのだから、これで念願が成就出来るのかという不安もあった。しかし時間の制約はある。嘉平は塾頭に「故郷に帰るから修業を止めなくてはならなくなった、ついては先生に最後の挨拶をして別れを告げたい」と言った。塾頭は思うところがあったのか、斎藤弥九郎に伝えてくれた。

屋敷のほうへ通され斎藤弥九郎が出てきた。双方初対面である。三千人の弟子に師範が挨拶する事は無い。かしこまって平伏する嘉平に温厚な言葉が降って来た。

「ここは道場じゃねえからさあ、鯱張(しゃちほこば)らなくても良いぜ」

嘉平は顔を上げた。目の前に激しい面ずれと丸太のように太い二の腕を持つ初老の剣士がいた。押してくる迫力が尋常ではなかった。

「別れに際して何か聞きたいことがあるんだってな」

「先生。三尺八寸の竹刀剣術は実戦で使えるのですか」

「実戦?日本刀を使った殺し合いのことかい」

「はい」

「ふむ。竹刀剣術は実戦の機微を怪我無く体得させるものだが、殺し合いに役にたつかどうかはわからねえな」

激しい失望が嘉平の面上を蓋(おお)った。

(師範代が言っている通り仇持ちだな)

弥九郎は思った。

「まず三尺八寸のような長い刀を室内で振り回すことは出来ねえ。どうしても脇差のような小刀になる。二尺かそこらだな。二尺の刀で相手を倒すには間合いを切って接近し、胸元を刺す以外ない。無論、相手も刀を持っているのだから相討ちだな。それでも良いと言う捨て鉢の覚悟だけが事を成就させる」

嘉平の表情が変わった。斎藤弥九郎が相手を殺すための実戦を説いているとわかったからである。

「こういう話を聞いてはいても、実際の場になればのぼせ上り間合いが遠くなる。それだけでなく薙いだり切り付けたり無駄な動きをしてしまう。だから相手の顔と自分の顔がぶつかるほど接近すると覚えておけばよい」

嘉平は深々と辞儀をした。

「竹刀剣術と実戦は違う。実戦をこなすためには心胆を練る修練が必要だが、嘉平は一年しかいなかったからな。そこまで時間がなかった。間合いを大胆に切って相手の鼻先まで接近し刺すしかない」

「はい」

「ああ、それからな。着込み（防御用の道具）を付けておけよ。切り合いで親指が落ちただけで戦闘不能になる。少しでも着込みでそれを防いでおくんだ」

その足で甲州へ取って返した。藤右衛門の屋敷にぶらりと現れ驚く藤右衛門に、この一年の無沙汰を詫びたが、一年何をしたのかは言葉を曖昧にして応えなかった。藤右衛門は昔と違って精悍(せいかん)になり俊敏になった嘉平に驚き、さらに寡黙になった嘉平に不気味な物さえ感じた。

「あまり思いつめるのは考え物だ。訴訟も勝てそうになって来たし」

嘉平は少しも喜ばなかった。

ある日、嘉平は仇の屋敷に討ち入った。不幸だったことは仇以上の人数が屋敷にいたことだ。嘉平は脇差で数人に手傷を負わせ、さらにとどめを刺そうとしたが失敗。取り押さえられた。大騒ぎになり知らせは藤右衛門にも届いた。藤右衛門が出向いた時には、既に嘉平は囚(とら)われて代官屋敷の牢の中に運ばれていたし傷を負った者も手当てが終わっていた。幸いだったことは、甲州ではこの種の刃傷沙汰(にんじょうざた)が日常茶飯事で代官も事情によって重きを置かないことだった。いずれ双方の親族が寄り集まって示談になることを知っていたからである。

藤右衛門は相手方へ出向き示談を持ちかけた。相当の非難と怒号があったと言うべきだがそれを上回る金額が提示されたのだろう。話がついて嘉平は牢屋から出された。示談金と最初の訴訟費用が重なり家産は傾いた。嘉平はその事について藤右衛門に申し訳ないと言う事もなかったし、藤右衛門も平然としていた。

その頃、物心ついていた嘉一郎は、嘉平の刃傷沙汰を聞いて魂が震えるほど感激していたがそれは表に出さなかった。甲州では男は立つべき時に立たなければならない。立たない男を『じくなし』と呼んで軽蔑してやまない。一方、家産を失った藤右衛門の窮迫は急を告げるようになった。親戚が寄り集まって家の救済が相談された。金を出し合って融通し藤右衛門を助けようとしたのである。

「俺はな、嘉一郎よ。断ったよ」

藤右衛門は嘉一郎に教え諭すように言った。

「人を助ける事はあっても助けてもらってはだめだ。金を貸してもらって生きていくようならそこまでの話だ。親戚に一生頭が上がらなくてやって行けるか。なあに、家産を傾けたのも俺なら巻き返すのも俺だ」

　そう言って藤右衛門は凄まじく働き始めた。彼は中古の油搾り機を二台買って種油の製造販売を始め、さらに雑穀商、質屋を経営し始めた。寝る間もなく働いたのと商才があったために見る間に家産を盛り返した。


　その頃、嘉平（かへい）はまだ藤右衛門の所にいた。嘉一郎は嘉平の側に近寄った。嘉一郎は鬱陶（うっとう）しそうな顔をしていた。とても嘉平を崇拝しているようには見えない。

「なんで失敗したのですか」

　突然話しかけられて戸惑った嘉平だが、嘉一郎の質問は理解した。

「のぼせたのさ」

「のぼせた？」

　場所は、藤右衛門の質屋の店先である。客は無く嘉平は所在なく店番をしていたので嘉一郎は近づけたのだ。

「俺が習った江戸の師範は斎藤弥九郎先生と言ってな。江戸じゃあ知らぬ人間がいない程の名人だった。その先生が言うには竹刀剣術と殺し合いは違う。脇差を抜いたら間合いをぐんぐん切って相手の鼻と自分の鼻がぶつかるほど近付け。そして刺せと。それだけだとな。斎藤先生はこうも言ったよ。胆力が座っていないとのぼせて間合いが遠くなる。これで充分だと言ってもまだ遠い。だから余計な事を考えずに間合いをぐんぐん切って鼻先まで行けと」

「そう出来たのですか」

「座敷には五人いた。三人と踏んだ俺の想定は最初から外れた。その動揺が俺の計算を狂わせた」

「と言うのは？」

「そのあたりからのぼせていたんだ。間合いを切るどころか抜いた脇差を薙いでしまった。わっと相手が叫んで蹲った。二の腕から血が出ていた。その血を見て俺はますます興奮し冷静さを失ったが、相手方も興奮した。一人が懐から小刀を抜くが早いか切り付けてきた。乱戦になると稽古が生きる。俺は切りつけてきた相手の打ち込みの間合いが遠い事を見て取って楽々と躱した。そしてつんのめる相手のひじのあたりに打ち込んだ。相手は刀を落とした。血が飛び散っていた。俺はやれるかもしれないと自信を持ち始めたが、今度は後ろから体ごと飛び込まれその相手と同体で倒れた。騒ぎを聞きつけた向こうの家族まで味方に加わって俺の倒れた体に折り重なって来た」

「それで終わったのですね」

「ああ。結局、のぼせたまま組み伏せられた。斎藤先生の教えの通り、間合いを切って相手の鼻先まで顔を近付けていたら、最初の相手を殺しどうにかなったような気がするが、流血をさせただけだったから、相手を興奮させ勇気づけただけになった」

殺していたら示談にならなかっただろうと嘉一郎は幼いながら思った。そして確信した。

(成否は問題ではない。男はこれだ)

選挙運動にまい進

鬱勃(うつぼつ)たる志があって身もだえするほどなのに、父は家を継げと言ってくる。三年の東京生活を強制的に終わらされた。長兄の一秀が病弱で、一進一退を繰り返し、仮に家を継いでも長くは持たないと思われていたからだ。藤右衛門は甲府ではひとかどの有名人であり資産家である。自分が築き上げた家を子供に継がせて存続させたいと思うのは、封建時代の人間として当然の事だった。嘉一郎はそんな父が鬱陶(うっとう)しくてならなかった。

峡中(きょうちゅう)改進党が甲府に出来たのは明治十六年（一八八三年）の事である。薩長藩閥に対抗する激越な改革運動の担い手として発足した。思想的に共鳴できるとして自由党の板垣退助が来た。板垣は土佐藩の軍人上がりで幕末の戦いに参加してきた。藩閥の一員で保身することも出来たが自由民権運動の旗振り役になった。

嘉一郎は、市内で開かれた演説会を聞きに行った。熱気で包まれた会場は立見席も出るほど盛況だった。正面には横断幕も飾られ、熱烈歓迎、板垣退助先生と書いてあった。やがてその当人が壇上に立った。背筋をピンと伸ばして演壇に進み出た。白いものが混じった長髭が胸のあたりまで伸びていた。

マイクの前に立つと開口一番、さほど大声でもなく静かに切り出した。

「先だって峡中改進党の方が拙宅に来られて、甲府まで来て峡中改進党の応援演説をして欲しいと要請された。私は喜んで受けた。なぜなら、甲府は私の第二の故郷だからだ」

何を言うのだろうと訝(いぶか)る観衆のために板垣は一息置いた。十分に視線を集めてから

「私の先祖は土佐藩の中で、掛川で仕官した掛川侍だが、それ以前は甲州で信玄公に仕えていた板垣信方公である」

ほうと声にならない感激が走った。武田信玄は甲州の人間にとって神に等しく、よろず

論議のやかましい甲州人でも信玄の悪口を言う人間はいない。板垣信方が信玄を擁立し国主の地位につかせ、さらに信玄の為に戦死した重臣の一人であった事を知らないものはいない。観衆は静まり帰った。十分その効果を確かめた板垣は再度口を開いた。

「今から相当前の事になるが信玄公以来の税法が破られた。大小切と言われる愛民の祖法が突然破られたのだ」

ますます観衆は押し黙った。

(来る前に調べてきたのだな。どうすれば観衆の関心を引き付けることが出来るかを常に意識しているのだ)

嘉一郎は感心しながら聞いていた。

板垣は次第に声を励まし観衆に訴えかけ始めた。

「信玄公以来の祖法を県令が突然破った。このような暴挙は許されないと甲州の人達は立ち上がり膨大な農民が甲府へ向かった。時の県令はその多数に恐れをなし、密かに軍を呼び寄せたが時間稼ぎの為に祖法には触らないと言った。激高した農民も矛を収めた。そして事が治まった後、つまり軍が甲府に着いた後、首謀者を処刑した。この中の人で覚えている方がいるだろう」

観衆がざわつき始めた。

「これが維新か？新政府のやり方か？」

違う！と観衆の一人が叫ぶと次々と観衆が立ち上がって叫び始めた。

「藩閥政府はなぜこんなやり方をする？それは国の形が出来ていないからだ。国会を作り、憲法を制定し、藩閥と軍と官僚の自儘なやり方を止めるんだ。それしか日本の新しい道はない」

そうだ！そうだ！の怒号が会場に渦巻く。国会と言い憲法制定と言ってもどれほどの観衆が理解しているかはわからない。しかし演説は観衆を熱狂させた。

「一君の下に万民は平等だ！」

板垣は声の限り叫び観衆は床を踏みならして怒号した。

嘉一郎は思った。

（凄いものだな）

翌日、場所を変えた会場にも嘉一郎はついて行った。選挙に出ようとする嘉一郎にとって観衆を瞬時に熱狂させる板垣の演説技術を盗みたかったからだ。観衆は昨日の板垣の演説を伝え聞いて板垣が壇上に現れる前から熱狂していた。

板垣が現れた。割れんばかりの拍手が起こった。

(先祖の話から切り出すのか?)

そう思っていた嘉一郎は、板垣が少しもそれに触れないのを訝(いぶか)った。話の枕としては信玄公の重臣、板垣信方の後裔(こうえい)と言う話は一番受けが良いからだ。

板垣は大小切の話にも触れなかった。いきなり藩閥批判を始めた。

「薩長藩閥政府は、武力を使って政権を取った。結果、すべてが力で解決できると思っている!」

会場の中から突然、声が上がった。

「お前も藩閥政府と組んで戦っていたではないか!」

一瞬、会場が鎮まった。招請しておいて攻撃すると言う事は、普通は無い事だから峡中改進党に反対の人間が会場に入っていると言う事だろう。一瞬、虚を突かれて板垣は黙った。そして声のする方に視線を向けた。嘉一郎はどうするのかと心配した。板垣は激越な勤王家で維新の殺し合いを生き延びた男だった。怒ればどういう反応をするのかわからない。

板垣はしばらく声のする辺りを見ていたが視線をやわらげ破顔した。

「今、叫ばれた人の言う通りなのだよ。表面的に言えば土佐は薩摩や長州と同盟を組んだ。しかし目指したものは違うのだ」

そう言ってまわりの反応を見るようにしばらく間を置いた。

「一君の下に万民は平等である。そういう社会を作ろうと思って私は戦った。そして今も戦っている。横柄で権力者然として増税しか言わない連中と同じではないつもりだ。だから私を藩閥政府と同じにしないでもらいたい」

静かに諭すように反論したので場は納まって、叫んだ男がそれ以上の反論をしなかったので、板垣は片付いたとして次の話に移った。

「今度、新橋—品川の間を電車と言う物が走った。馬車数台が重なってそれを引く馬もいない。説明するのも難しいが電気と言う物で自動で走って行く。私はその会社を作った男に聞いた。その男が言うには東京に張り巡らせた電車に乗る人は一律三銭で乗れると言う」

がやがやと言うしゃべり声がする。

「甲府から八王子まで電車が通る日もやってくる。笹子峠を越えて小仏峠を走破して何日かかる？五日か？それが電車で寝ている間に八王子だ。まあ、この間の距離は長いから三銭と言う訳には行かないがな」

そう言って笑いかけた。

そりゃそうだと同意の声が相次いだ後、板垣は語調を変えて語りかけた。

「どんなに文明が進んで便利になったとしても為政者が大小切を平然と変えるような輩では皆の暮らしは楽にならない。そうではないか」

そうだ、そうだと賛同の声があがった。

(ここで大小切を持って来たか)

嘉一郎は得心した。昨日と持って行き方が変わったのは突然の闖入(ちんにゅう)があったからだ。収まるのを待っていたのだ。

それから観衆が床をならし怒号で興奮するのに時間はかからなかった。嘉一郎は完全に演説のコツを身につけた。

(要は緩急の呼吸だ。それから演説では何が起こるかもわからないから柔軟に切り返す事を常に頭に入れておくことだ。観衆の反応に便乗して笑いを取ったり語調を変えたりするのは悪い事ではない。観衆が激しく反応する事件や記憶は何度使っても良い)

嘉一郎は普段は噛みつきそうな顔をして鬱陶しそうに黙っているが、それは志と現実があっていないためで実は座談の名手である。その技法が演説に使えると板垣の演説を聞いて自得した。

あとは実戦で試す事だと考えて三十二歳で郡議会に立候補した。


藤右衛門は嘉一郎が心配でならない。家業を継いで経験を積まなければならない時期に議員になると言う。まともな家の子で議員を目指す子はいない。表面上は議員のことは先生と呼んでいても心からそうしているわけではない。それに、議員活動など嘉一郎には向いていない。選挙民の声を熱心に聞いて調整役をするなど嘉一郎に出来はしない。思い余って藤右衛門は県令を訪ねた。時の県令を中嶋と言った。互いに面識がある。中嶋も藤右衛門が資産家であることは知っていて応分の支援をしてくれていることもわかっていた。久闊を叙した後、にこやかに尋ねた。

「今日はどういうご用件で」

「次男の嘉一郎が郡議会の議員に立候補したのをご存じだろうか」

「知っています」

「そんな事をすれば益々家業に身が入らず私の家はつぶれてしまいます」

中嶋は辟易とし始めた。家族の問題を持って来られても困る。

「と言われましても」

「県令の権限で息子の立候補を見送らせていただけませんか」

「県令にはそんな権限はありませんし、今回の議員選挙は上からの命令ですしね。それに嘉一郎さんは何歳でしたか」

「三十歳を超えています」

「三十歳を越えた立派な大人が立候補したのに辞めさせるわけにも行かないし、それに根津さん。既に当選なさったような口ぶりだが、選挙は立候補すれば当選すると言うほど、簡単なものではありませんよ。一度、ご本人とよく話し合われるべきですね」

丁寧に応対はされたが断られた。こうなった上は演説会場に乗りこんで機を見て壇上に駆け上がり引きずり下ろすしかないと思い込んだ。そこは藤右衛門も甲州人である。

会場は公民館のような所だった。雨が降り出した。峡中改進党は出来て間もない政党であり、今度の選挙で地歩を築く事を目指していて熱気にあふれていた。藤右衛門は入場して一番前に進んで壁ぎわに立った。駆け上がる最短距離に自分を置いたのだ。目の前に壇上に上がる短い階段が据え付けられていた。会場は候補者が出て演説をするたびに怒号と叫喚、床を踏み鳴らす地響きが続いていた。

待つほどに嘉一郎が出てきた。自分の息子ながら美男子である。雨が激しくなっていた。藤右衛門は嘉一郎を引きずり下ろす気で来たのに、いつの間にか失敗するなよと思い始めた。

嘉一郎は悠然とマイクの前に進み出た。マイクの前で少し沈黙して側面の窓ガラスを見ていた。雨が一層激しくなってガラスを叩き始めた。

「雨が降っている。さっきよりずっと激しい」

天気の話をしに来たのか！と言うヤジが飛んでどっと会場が沸いた。

「天気の話に来たんじゃない。しかし、雨が激しくなると釜無川の堤防は大丈夫か、笛吹川の急流で土砂が削られ洪水が起きるのではないかと心配する。田畑は大丈夫か、家は大丈夫かと。その昔、信玄公もそうだったし今も同じだ。こういう地方は日本広しといえども甲州だけだ。そうじゃないか諸君！」

「そうだ！」

「そうだ！」

「甲州にとって治水こそが命だ。政権は、そのためにあると言っても過言ではない」

「そうだ！」

「その通り！」

充分に叫ばせておいて嘉一郎は一息置いた。

「ところで治水工事が起きる度に、土建屋が登場する。口の悪い他県の連中は甲州の議員は土建屋の集まりだと言う。私が不思議に思うのは入札である土建屋が勝つと、その土建屋が工事を独占するわけではないことだ。その土建屋は下請けの土建屋を雇い、雇われた下請けも孫請けを連れて来る。次から次へと下請けがやって来てどこまで続くかわからない。これは、どう言うことか諸君はわかるか？」

わずかに間をおいて
「税金の甘い蜜に無数の蟻が集まると言うことだ。税金がもっとも非効率に使われる結果、諸君から見れば安く済むはずだった治水の費用が膨大なものになると言うことだ。いつまでもこれで良いのか！」

次第に観衆が興奮し始めその中に既得権を守りたい土建屋の怒号も混じっていたはずだ。

嘉一郎はこぶしを振り上げ大声を張り上げた。

「私に郡議員を任せてくれれば治水予算を半減させよう！」

観衆は澎湃とした歓声と拍手で嘉一郎を包んだ。壁際で立って聞いていた藤右衛門は驚きを通り越した。

（凄いものだな。あいつはどこで演説のやり方を覚えたのか）

しばらく歓声と拍手に包まれていた嘉一郎は両手を上げて観衆を鎮めた。静かになったのを見定めて静かに口を開いた。一つ話をして最後の興奮を観衆にさせなければならない。

「先立って、板垣退助さんが来た。覚えている人も多いだろう」

観衆の多くが頷いている。

「土佐の板垣さんすら、知っていた大小切の事を。板垣さんはこれほど痛ましい事件は無いと非難した。藩閥政府は、信玄公以来の祖法を変えたばかりか、抗議する農民の代表をだまし討ちにして処刑したのだ。こんなことが許されるのか！」

「許さない！」

「許さないぞ！」

次第に怒号が高まり、ほとんどの観衆が立ちあがって床を踏み鳴らし始めた。

「今度の選挙は郡議員を選ぶだけでなく、藩閥政府の横暴に一撃を加えるためにある！」

嘉一郎はこぶしを振り上げた。観衆は狂ったように呼応した。

「諸君！私に力を与えてくれ。私と共に戦ってくれ！」

観衆の興奮は最高潮に達して怒号と叫喚、床を踏み鳴らす音が止まなくなった。

（驚いたな。これは間違いなく当選する。いや、当選させてやる）

藤右衛門は最初の思いも忘れ、必ず嘉一郎を当選させると決意した。演説のうまさだけで当選しないことは藤右衛門にはわかっている。応分の資金も必要だ。

嘉一郎は選挙を勝ち抜き郡議員に選出され、颯爽と郡議会に登場した。公約通り郡予算に切り込んだ。相応以上の成果を上げたと記録に残っているが、一年経って辞めてしまった。議会内での駆け引きや力関係に嫌気がさしたこともあるし、自分の行く道ではないと思ったのだろう。辞めた年、生まれた村の村長になった。しかし、それも長く続かなかった。鬱勃（うつぼつ）たる志と地位がどうしても一致しない。

警官と紛糾（ふんきゅう）

嘉一郎は成長し山梨県の県会議員にもなっていたが、鬱勃とした志を遂げる機会が現れない。その頃、藤右衛門は山梨県では有数の資産家に成っていた。藤右衛門は嘉一郎が心配でならない。所帯を持っても噛みつくような顔をして歩いているし、専属の人力車夫を雇って自分の前を遮る人力車を大声上げて追い抜かせたりする。とても大人の振舞とも思われない。

薩長政府は軍事力で政権を取ったから江戸幕府が持っていた経世済民の思想も哲学も持ち合わせておらず、いざとなると地が出て平気で民衆を抑圧する。甲州は幕府の直轄領であったために、領民は大半が親徳川であった。その頃の流行で言えば自由民権である。嘉一郎も熱烈な自由民権論者だった。

ある日、某県会議員の県政報告会があった。会場は二階建ての公民館で立錐の余地も無いほど満員だった。今でもそうだが山梨県は有数の政治好きの地方である。掻き分けて入った嘉一郎は既に怒号が飛び交っている会場に違和感があった。それは会場のあちこちに警棒を持った警官が数十名配置されていたからである。怒号は弁士ではなく警官に対するものだった。警官は怒号にさらされていたが今にも検挙！と叫んで踊り出そうだった。

（一介の政治報告会に物々しい警備は何の事だ。否。弾圧する気だな）

嘉一郎は二階席を見た。ここには警官が配置されておらず満員の観衆しかいないように見えたが、嘉一郎は挙動のおかしな人間が相当いるのを見抜いていた。

(私服の警官が三十人ほどいる。彼らは弁士を見ていない)

(最初から機を見て下りてくるつもりだ)

嘉一郎は腹が立って来た。元々、自分の頭を押さえに来ることに対して、相手が個人でも組織でも猛烈に反発し、言う事を聞かない癖がある。ましてや権力を笠(かさ)に着てのやり方は許せない。

(弁士が自由民権論者でかつ県議会内で警察予算削減を主張しているから、圧力をかけて黙らせるつもりだ)

弁士の演説が始まった。最初から弁士は戦闘的で、会場に配置された今にも飛び掛からんとする警官隊を非難した。警察の予算を削減しようとする理由がこれだと絶叫した。会場は揺れるような怒号が交錯する。

嘉一郎は黙っていられなくなって大声を出した。

「二階にも私服の警官が三十人ほどいるぞ!」

会場が一瞬静まって皆二階席を見た。

「お前達は選挙で選ばれた議員を、捕まえるのが仕事ではないぞ！」

そう叫んでさらに大声を出そうとした時、

「集会条例違反！検挙！」の声と同時に二階席から私服らしい警官が喚（おめ）きながら降りてきた。呼応するように一階の制服警官が集団で演壇へ駆け寄って来た。巻き添えになりたくない人間が逃げまどうので大混乱になった。椅子が倒れ人の悲鳴が木霊（こだま）して、どっと出口に向かって殺到するので嘉一郎も押されたまま入り口に流された。振り返ると演壇で弁士とその後援者が警官にもみくちゃになって囲まれていた。

株式投資に没頭

議員になって政治活動をする前から、嘉一郎は巨利を確実にする方法は株式投資しかないと知っていた。彼の周りの金持ち達は錬金術を見つけたと言わんばかりに密かに、あるいは大っぴらに株式を買っていた。株式投資は危ないから止めておけなどと言う人間は一人もいなかった。明治の勃興期で株価は基本的に驚くほど上昇する。嘉一郎は増えていく資産が面白くてならず、もともと強気一辺倒な男だったから、信用取引も始めた。嘉一郎は自分が負けると思ったことは無かった。相場の先が恐ろしいほど読めるだけでなく、相場の綾さえわかった。日清戦争に勝ったあたりで株価は急騰し、嘉一郎はその上昇相場に乗って信用取引を張れるだけ張った。これで巨万の富は彼のものになるはずだったが、日清戦争後の揺り戻しが来た。思惑が外れて彼の資産は音を立てて崩れ出した。

　福沢桃介（ももすけ）と言う男がいる。福沢諭吉の婿養子で電力会社発展に貢献した経営者として知られる。元々は相場師で、相場で巨万の富を掴んで電力業界へ打って出た。嘉一郎とは双方貴重な情報源であると共に、競争関係でもあり、複雑な人間関係でもあった。お互いに何を言っていやがるかいとも思っていた。嘉一郎と二人で酒を飲んでいた桃介が廊下に出て来た時に松永安左ヱ門（やすざえもん）と出くわした。松永は桃介と同じように電力業界に携わり電力の鬼と呼ばれるようになる。桃介の慶應義塾の五年後輩である。

「何だ。偶然ですね。誰かと来ているのですか」

「ああ」

　桃介は開け放った向こうの座敷で芸妓と戯れる男を目で指した。

「あれが有名な根津嘉一郎だよ」

「聞いた事があります。めちゃな相場を張る男だと」

「あいつはな。あとわずかの命しかない。担保が割れて首を括(くく)るしかなくなっている」

「ほう」

「万年強気なのは結構だが、相場は見切りなんだよ。そこがわかっちゃいない。あいつは見切り損なって切れなくなった。それで終わりだ。可愛そうな話だ」

松永は桃介の憎々し気な感じに驚いたが、桃介は端正な顔を嘉一郎に向けたまま続けた。

「それでもあいつの凄い所は、その感じを毛ほども見せないことだ。金も尽きているはずなのにこんな高い所で酒を飲んでいる。どう言う神経をしているのかさえ分からない。首を吊(つ)る瞬間まで強気なのかもしれない」

桃介の事はとりあえず終わるが、あと二回ほどこの物語で登場する。

馬鹿でない限り、事態はわかっている。この苦境を打開するには追加担保を差し入れ、金を借りるしかないが、銀行は誰も相手にしてくれない。それどころか借金の返済を慇懃(いんぎん)に迫って来る。切羽詰まって嘉一郎は若尾逸平のもとを訪ねた。

若尾逸平(わかおいっぺい)は甲州商人の巨魁(きょかい)とも言う人物で、外国人との取引で巨富を築き、若尾式機械を製作して紡績業に打って出た。この頃は家督を弟に譲って様々な事業を展開している。若尾財閥と呼ぶ人もいる。嘉一郎とは親子ほど年齢が違っている。山梨県商工会議所の終身会頭である。嘉一郎は郡議会議員の時に挨拶に行き、そのまま用事もないのに会社に行くことが多かった。若尾はいつもなにがしか案件を抱えて忙しそうにしていた。嘉一郎は、今も挨拶もしないでソファーに座って社員が忙しそうに働くのを見ていた。その視線の先に山一證券を立ち上げた小池国三がいた。小池は若尾の小僧上がりで長い間若尾の秘書をしていた。嘉一郎よりわずかに若い。小池は用もないのにやってきて、若尾の動向を探りながら商機を掴もうとしているに違いない。若尾の売買単位が破格に大きいことを知っているのである。

「来たのか」

若尾がやって来た。

「はあ」

初老で上品な若尾夫人が嘉一郎の前の茶を新しいものに取り換えて、若尾の前にも茶を置いた。

「今日は何だ」

「担保の株が下落して追証が払えなくなりました」

「金を貸せと言うのか」

「はい」

「他の銀行はなぜ貸さない。これ以上の追い貸しは担保があっても危険と言うわけか」

「はい」

「貸さないだけでなく、今度は貸しはがしに来るんだな」

「はい」

「若尾銀行でもそうするな」

しばらくは、この嘲弄に耐えなければならない。先鋭なほどに鋭い自尊心と満腔の自信に溢れている嘉一郎は、どのような窮地に陥っても参ったとは言わないが、若尾に今見捨てられたらそれこそ本当に首を括るしかない。しかし、若尾はそこらにいる銀行の小役人と同じ事はしないだろうと言う確信があった。若尾は嘉一郎の先読みの能力—それは必ずしも株式の相場観を意味しないが—が尋常でないと見ていた。そのような嘉一郎を見捨てても若尾にとって何の得にもならない。きっとそう判断すると思っていた。

若尾は少し間をおいて部下を呼び、金を貸すように指示した。

「若尾さん」

「何だ」

「十日もすれば市場は元に戻りますからね。借りた金をすぐに返す事は出来ますよ」

「ふん。貸した金など心配していない。それより破格の儲け話を持ってこい」

向こうのほうで小池が全身を耳にして成り行きを聞いている。その瞬間、ずっと心の底に秘めていたことを実現しようと思いついた。

「小池！」

小池が脱兎のごとく飛んできた。証券会社の社員らしく腰が軽い。

投資するなら人々の間で長く続く物、それは乗り物と灯（あか）り、それが初対面の嘉一郎に若尾が言った言葉である。文明開化の象徴である乗り物と灯りの会社を買っておけば損する事は無いと言うことだったし、初期の頃、会社は順調に発展していたし時代が後押しをしていた。会社は増資と借入を繰り返し、資本金と運転資金を巨大化させながら事業を展開していった。

灯りの代表を東京電燈と言い、乗り物の代表が東京馬車鉄道だった。馬車鉄道は最初馬車がレールの上を走っていたのだが、様々問題が生じてやがて電気で走るようになった。それで東京電気鉄道と名前を変えた。二社とも最初の頃と違って競争相手が増えてきたこと、内部の争いも生じてうまく行かなくなってきた。高配当、高株価、高成長の循環が崩れ始めたのである。小池は寄って来て控えている。嘉一郎は小池の方を見た。


「小池」

「はい」

「東京電燈と東京馬車鉄道の株主名簿は手に入るか」

「正式なものは会社の金庫にしかありませんが、きわめてそれに近いものは推測で作る事は出来ます」

「その名簿を早く作れ。場合によっては俺がまわるが、極めて保守的な連中もいるだろうしな。秘密が漏れたら困る事になるし」

「そうですよ。最後の一突きさせるために売らせる事はあるかもしれませんが、それは最後ですよ」

「うむ。初期の投資で大成功しているからな。すぐには売らないだろう。お前は密かに小口の売りを集めろ」

やがてその名簿が出来てきた。渋沢栄一、大倉喜八郎、益田孝、馬越恭平等々。予想された名前が大半であったが、値段によっては売りに回る連中もいると思われた。馬越恭平は、この頃、三井物産の専務で益田孝の後継者とみなされていた。この同じメンバーで後にビールの安売り合戦をする事になる。この時の遺恨を引きずっていたのである。

その名簿に載っていない甲州の金持ちを嘉一郎は人脈を使い、若尾の名前を使って一人一人訪問した。若尾の名前は絶大で皆会ってくれた。そして甲州勢として二社を乗っ取る話を聞くと皆興奮した。

「久しぶりに痛快な話だな。根津君。幾らでも乗るぞ」

甲州勢の買い予約を合計すると若尾、嘉一郎分を加えて過半数を上回る。あとは値段をつり上げることなく、静かに事を実行するのみである。小池は、自分の膨大な収入にもなるから市場の値段を急騰させないように静かに値段を付けようとはするが、買いの方が売りを上回っているのだし株主総会までに過半数が必要なのだから次第に値段が上がって来る。両社とも業績低迷の中での急騰だからいかにもいぶかしい。最初は仕手筋が値段を釣り上げて提灯を付けて売り逃げるのだろうと言う解説がついていた。しかし、それにしては一向に収まらない。最初に異変に気付いたのは大倉喜八郎だった。大倉喜八郎は鉄砲商としてのし上がり、今は陸海軍ご用達の立場を手に入れ、大倉商会と言う建設会社を経営していた。渋沢栄一の弟分のような立場で政府の払い下げの多くの受け皿になっていた。サッポロビールも彼が最初の受け皿である。

「渋沢さん」

「どうした。血相を変えて」

渋沢は朝の出社の前に必ず陳情客の相手をする。渋沢の横に秘書がついてメモを取る。一人五分、十分程度だから何ほどの解決にはならないが、秘書がすべてを処理して出来るだけのことはする。そう言う習慣である。だから渋沢に会いたければ朝出社前に行けばよい。その朝に大倉が飛び込んで来た。渋沢は仕方なく席を外して別室に大倉を案内した。

「東京馬車鉄道と東京電燈の株価が急騰しているのはご存じですよね」

「うん」

「業績が低迷している時に上がるのはおかしいと思って調べさせたんです」

「うん」

「どこの証券会社の手口が一番多いと思いますか」

「さあ」

「山一証券ですよ」

渋沢は全く反応しなかった。

「山一証券の社長は小池国三と言って若尾の小僧上がりでこの前まで秘書をやっていた男です。つまり、乗っ取りを仕掛けてきたのは若尾です。恐らく、若尾の後ろには甲州の金持ち達がいます」

渋沢は興味なさそうに聞いていてかんばしい反応をしなかった。

「興味がないようですね」

「大倉よ。若尾は違法行為をしているのか」

「いいえ」

「それならやらしておけばよい。それにこの動きをお前が知ってから大分時間が経っているだろう?手遅れかもしれない」

「手遅れかそうで無いかはやってみて努力した後の結果ですよ。大株主は私が回りましょう。売却を止めるんです。少なくとも株主総会が終わるまでは」

「日本電灯を買収してから、東京電燈の経営陣は少しおかしいよ。乗っ取ってメスを入れてくれるなら、我々株主にはありがたいほどだ。東京馬車鉄道にしてもそうだ。これからは新規参入者が増えていく。仮に乗っ取っても、勝ち抜けるかどうかもわからない。その苦労をやってくれると言うのならやってもらったらどうだ」

大倉は渋沢の怪気炎にあきれ、どうなっても知らんぞと心の中で舌打ちをした。


その頃、東京電燈と東京馬車鉄道の二社の株式の過半数を取った若尾、根津、甲州投資家集団は、株主総会で現経営陣を更迭する事に成功した。

さらに株式市場全般が勢いを取り戻した事で、嘉一郎の損失はあっという間に巨大な利益に変わって行った。嘉一郎は何事もなかったように清算しその膨大な利益から若尾からの借金を返した。

（俺が負ける事があるか！）と思っていた。この前まで死ぬ寸前まで追い詰められていたのだ。普通の人間なら二度と信用取引には手を出さないはずだが、日露戦争後の狂騰相場にカラ売りで入った。多くの投資家は買いで入り、毎日儲かった儲かったと歓喜する。宴会が起き、嘉一郎も呼ばれて酒になる。その席に福沢桃介もいた。桃介は朝起きると自分の資産が膨れ上がっているので大声で自慢する。

ふと見ると嘉一郎が黙然としている。まわりは呼応して儲け自慢をしているのに嘉一郎だけおとなしい。

（おや。普段うるさい根津がおとなしい。いぶかしいな。まさかな。この野郎、この相場に売りで入ったか）

さしたる業績の裏付けもないのに日露戦争の勝利と言うだけで株価が七倍になる。そんなことはあり得ない。必ず反動が来るとして、野村證券を起こした野村徳七は『相場は狂せり』と叫んで空売りの勝負をかけた。同じ事を嘉一郎もしていたのだ。

（この相場で空売りは無いだろう。根津よ。お前は今度こそ終わりだよ。人の行く道の裏どころではないよ）

家族が後で振り返った所では嘉一郎の食事がわずかに細ったと言う。胃腸でも悪いのかといぶかった以外、嘉一郎はその素振りを見せなかった。野村徳七は期日が迫っていたからか、人力車で日中家から離れていた。見つかれば追証の清算に追い込まれるからである。

いずれにしてもこの二人は、突然の株の暴落で命が助かった。助かっただけでなく天文学的な資産を積み上げる事になった。

但し、嘉一郎の真骨頂は相場の成功から来るものではなかった。嘉一郎は東京馬車鉄道と東京電燈の経営に苦労する過程で、合併会社こそ巨大な収益を生むことを知った。さらに、後に『ぼろ買い一郎』と言われ、小さな会社を買い取って、命を吹き込む術を知った。この二つが株式投資の妙味であると理解したのである。

合併会社の妙味

若尾と嘉一郎は甲州出身の佐竹作太郎を社長に据えて、明治三十四年に嘉一郎自身は常務として東京電燈に入った。日本電灯出身の役員と東京電灯出身の役員が互いに派閥を形成し、一方が右と言えば他方は左と言う戦いを繰り返し、これが社業の停滞をもたらしていたがそれは整理した。それで解決かと言えば、そうではなかった。社内に既得権益がはびこっていた。例えば石炭の買付である。特定の会社から質の悪い石炭だけを買っている。調べていくとその会社と担当者が結託して賄賂を取っていることがわかった。株式会社と言うのは公器であり公私混同は許されないという厳しい規律で本人も律している嘉一郎は、そう言う行為が身震いするほど嫌いである。後年になって財閥の長になっても、個人用の切手や便箋の類は秘書に買いに行かせて別枠にしていたし、汽車も二等に乗っていた。ここらは安田財閥の安田善次郎に似ている。

当然、担当者を更迭する。そうすると今度は、嘉一郎が骨董を集めているらしいと言う噂が立って高価な骨董品が贈られてきた。嘉一郎は鼻で笑って突き返した。賄賂が効かないなら、脅ししかないと言うことで壮士を雇って傷つければよいとなった。そう言う事は噂になる。まわりが心配してしばらく会社に行くのを見合わせたらどうかと言うことになった。嘉一郎は、これも笑って無視した。どう言うわけか命の危険が自分に及ぶ事が想像できない。それより、人の命を狙うほど利権は大きい、つまり、会社を蝕（むしば）んでいると言うことが驚きですらあり、かつ、これを乗り越えたら会社は立ち直ると言う思いが消えない。

若尾の会社へ寄ったら、若尾はいつものように部屋にいた。若尾夫人がめざとく嘉一郎を見つけて茶を運んで来る。

「かなり噂になっているな」

「何がです」

「お前が社内をばっさばっさとやるから、社内で迷惑して恨んでいる人間が大勢いると言う事だよ」

「そいつらが皆いなくなれば会社はすぐに黒字になりますよ。とにかく大会社になって無駄と利権が多すぎます。それに働かない社員も多すぎる。さらに金を借りるのは電力事業だから仕方がないが、銀行へ払う金利が高すぎる。工夫すればもっと浮かすことは可能です」

「うむ。お前には大掃除をしてもらうために送ったのだから、それはそれで構わないが、壮士が出て来ると言う噂がしきりだ。大丈夫か」

「若尾さん。若尾さんなら危ないからと会社へ行きませんのか」

「俺か。俺は喜寿（きじゅ）を過ぎているからな。喜寿を過ぎて命が惜しくて屋敷に籠っていると聞こえたら、これは恥ずかしいわな」

「同じように私も籠るわけにには行きませんよ」

「出るのは良いが、お前の屋敷には大勢恰幅（かっぷく）の良い書生がいるだろう？」

「いますね」

「それをまわりに置いておくんだ。壮士などと言うのは殺しに来ることはめったにない。

あれらも仕事だからな。脅せば仕事をしたことになる。まわりに人を固めておけば、それをかいくぐって来ることは無い」

「はあ」

全く気にする素振りもない。壮士が来ると聞いただけで、自分のやっている路線は正しいと確認した。株式市場の牽引車は乗り物と灯り、それは今も変わっていない。自分は東京電灯をまともな会社に戻すのだと思っていた。

ある日、自宅を早く出て待たせてあった人力車に乗りこもうとした。書生が一人見送りに立った。物陰から一人の壮士が物も言わずに走りより、

「根津！」

と叫んで踊りかかった。書生が驚いて止めに入るのと、壮士が持ったあいくちを横に薙（な）ぐのが同時だった。書生の肩が切られ血が噴き出した。嘉一郎が、今度は書生を守り大声を出した。玄関から書生たちが飛び出して来た。

「根津！次はどうなっても知らんぞ」

その言葉を吐くと同時に壮士が逃げ出した。嘉一郎に怪我はなかったが、切られた書生

は重傷で血まみれになって屋敷に担ぎ込まれた。

嘉一郎はどんな時にも突っ張って、参ったと言わないし、壮士に脅されても恐れている風は無かった。警戒も厳重にしなかったし、社内での締め付けは益々厳しくなった。工場の中を見回って少しでも物が落ちていると担当者を呼んで叱りつけた。社内の無駄は徹底的に排除した。賄賂も利権も入り込むことを許さない。壮士は、それから姿を見せなくなった。脅しても無駄だと雇い主が覚ったからだろう。それから十年余り、甲州閥が東京電燈の社長ポストをたらいまわしした。そうであっても中心に嘉一郎がいて公私混同を許さず私腹を肥やすことも許さず、社会の変化にも鋭敏に反応したから、会社は順調に発展し巨大企業になって行った。嘉一郎も安心したのかいつまでも東京電灯だけには関われなくなり目が行き届かなくなった。

その頃、若尾に老いが進行している。若尾は八十五を過ぎても元気で俺は百二十まで生きると、まわりに言っていた。若尾は現役で朝は四時に起きて海苔で包んだ餅七個をぺろりと食べそれが終わると部下を呼んで打ち合わせをする。それが終わると若い時から苦にしていた字が下手な事を直すために二時間ほど習字の練習をする。その若尾に嘉一郎は呼ばれた。

「時に東京電燈の方はどうだ」

「問題はありませんな」

東京電燈は増資、時に無償増資を繰り返し、若尾だけでなく嘉一郎にも無限の富を与え続けていた。富が富を生むのだから乗り物と灯りに投資し会社を正しく導いた甲斐があったのだ。

「璋八の事だがな」

若尾璋八（しょうはち）は若尾逸平の弟の婿養子で、嘉一郎が後見人を務めていた。嘉一郎は若尾から頼まれていたが、どうにも肌合いが合わず、若尾との関係がなければ放り出していたろう。璋八のほうでもうるさい後見人が嫌いで、若尾の前では大人しくしてはいたが嫌っているのが何となくわかる。

「あれが世に出れるように何とかしてやってくれ」

「わかっています」

「東京電燈の社長も務まるとは思うが」

嘉一郎は返事をしなかった。血のつながりもない義理の甥にそこまで固執する理由がわからない。若尾は若尾財閥を作り上げ嘉一郎を抜擢してくれた恩人だが、金銭欲も名誉欲も物欲すらなかった。賢婦人一人を支えに夜の遊びもせずひたすら事業欲だけを満足させている。どうして誰が見ても社長が務まりそうにもない璋八に固執するのか。

(じいさん、しっかりしてくれよ)

そう思ったが親戚をくさすわけにも行かず決定的な証拠もないから黙っていた。人を見抜く事、神のようだった若尾が何の理由で老残をさらすのか。

「お前は、人を見る時、いつも感情で見る」

憎々しげに若尾が突然言った。

「はっ?」

「あれが気に入らない、彼が気に入らないと喧嘩ばかりではないか」

「はあ」

「璋八は東京電燈に入って役員を務めているが、悪い評判は聞いたことがない」

(それは猫を被っているからでしょう)とは言えないから黙っていた。若尾が嘉一郎を信頼することは盤石(ばんじゃく)なものがあったから、若尾はすべてわかっていた。璋八は無理かもしれないと。器量のあわないものが社長を務めればまわりも本人も苦労する。組織が完璧なら参謀に人を得れば何とかなるが、激動の時代である。

「今日は、もう帰れ。俺も少し考えてみる」

そう言って手を振って嘉一郎を返した。寂しそうだったが、聡明な若尾は嘉一郎のほうが正しいことを理解したのだ。それからしばらくして若尾が倒れ、九十二歳の生涯を終えた。その後、璋八が社長になった。

電力会社だから旺盛な設備投資意欲があり、資金需要も大きい。銀行にとってはおいしい客であり、企業にとっても銀行ときっちりつながっていないと成り立たない。三菱、三井、安田の大手三行は役員も送り込み要所を押さえていた。社内で隠然とした勢力を持ち、銀行を歯牙にもかけず傲然(ごうぜん)としている根津の態度に頭に来ることが再三再四あったろうが根津が常に正論であるため不快な沈黙に終始した。いつか復讐の機会を待っているに違いない。

久しぶりで会社に顔を出すと、会社の様子がおかしい。こう云う感性は嘉一郎独特のもので何かあったと感じた。璋八が社長になってからしばらく経っていたが、嘉一郎はそう思って見るからか璋八のやることなすことが気に入らない。社長になって早速やったことが取り巻きの抜擢（ばってき）である。銀行は今のところ黙っている。業績は悪化しておらず銀行への借り入れは旺盛である。やがておかしな様子の正体がわかった。璋八は社内にトンネル会社を作って外部発注を独占しているのである。しかもそのトンネル会社を経営しているのが璋八の親族―息子だった。嘉一郎は社長のポストを甲州財閥でたらいまわしにしてきたが、歴代、この種の社長はいなかったし、嘉一郎が許すはずもなかった。

　こんな事のために若尾と二人で企業を乗っ取ったわけではない。嘉一郎は堪忍できず衆人の中で璋八を面罵し、トンネル会社を廃止しなければ背任で告訴すると言った。すると三大銀行が動き出した。テーマはトンネル会社ではなく常務を銀行から出してもらうことであったが、どの銀行も了承しない。ある時は持ち帰ってと言い、ある時は次回の打ち合わせまではと言って示し合わせたように回答しなかった。嘉一郎はふと三大銀行の目的は自分を追い出し璋八を辞任させ甲州財閥を終焉させることではないかと疑ったが、じっと耐えていた。果てる事のない交渉で銀行から常務を出して実務がまわる様にしろと説得したが、銀行側は様々な理由をつけ言を左右にして決め手を与えない。ついにある交渉で嘉一郎が切れた。

「さっきから常務として参加する案件を話し合っているのに全く進展を見ない。君らは銀行を代表して来ているんだろう。こんな簡単な案件すら決められないのか」

三銀行の一人が応えた。

「持ち帰って検討する」

「たった一つの案件も決められず同じことを繰り返す小役人のような役員なら来ても来なくても同じではないか」

「銀行から派遣された役員を小役人とはどういうことか。撤回しなさい」

「小役人を小役人と言って何が悪いか。撤回する必要はない」

「そうか。それなら我々がいる必要はない」

そう言って出て行くとそれ以降役員会に出て来なくなった。大会社といえども大銀行出身の役員が一人も出て来ないでは成り立たない。資金需要はどこでも起きるしその時、銀行は助けてくれない。嘉一郎は辞表を出さざるを得なくなった。璋八も混乱の責任を取って辞任した。長く続いた甲州支配の終焉になった。嘉一郎は辞めたが、株主を辞めたわけでなく高成長、高配当、増資、無償増資を続ける東京電灯はそれからも優良企業であり続けた。嘉一郎の下へ、無限の富を配り続けた。

ここで、もう一つの象徴、東京馬車鉄道（後に名前を変えて東京電気鉄道）の話に触れる。鉄道は地面を押さえるとほぼ同時に政府から許認可を受け敷設工事を開始する。時代の流れは乗り物であるため誰もが地面を押さえて許認可を得ようとした。アメリカの巨大文明を見て驚愕して帰って来た甲州人の一人、雨宮敬次郎も安田銀行の安田善次郎の後押しを受けて鉄道に参画した。アメリカへ行くまでは金儲けだけを考えていたが、アメリカから帰って来て儲けるだけではだめで社会に貢献しなくてはならないと言い出した。

当局から見れば、雨後の筍（たけのこ）のように次々と鉄道が敷設され重複しては、共倒れになるのは明らかだ。だから整理して計画通りに認可して行けば都民の利便になると考える。政治家もそう考える。雨宮は突然、運賃一律三銭を唱え始めた。一等は三銭、二等は二銭と言うのである。これは、政治家にも当局にも受けが良かった。間違いなく乗客に受けるからである。路線獲得競争で雨宮が一歩抜け出した。路線が重複する時、間違いなく雨宮が獲得するだろう。なぜならすべての関係者に受けが良いからである。

雨宮がどこまで損益を考えていたかはわからない。路線競争に勝ってしまえばあとは何とかなると思っていたかもしれない。しかし、一律三銭は困る。鉄道会社の状況や敷設の場所によっては三銭では持たないこともあるからだ。嘉一郎は若尾とも相談して雨宮の様子を探ってみることにした。雨宮は若尾の参謀役の根津が来ると言うことで構えて待っているのがわかった。嘉一郎は自己紹介をしてその日の訪問の目的を告げた。雨宮は相当の変人と言う噂があったし、均一料金三銭などは常人では思いつかない。単なる客寄せで言っているのか本気なのかもわからない。時に明治三十年（一八九七年）頃。お互い底意があるので話が順調に進まない。

「単刀直入に言いましょう」

「その方がありがたいな。時候の挨拶に来た訳でもないだろうし」

「雨宮さんは東京市街鉄道を起こして日比谷―神田橋の路線の認可を受けたとか」

「ああ。お前のとこの日本橋―新橋とは重ならないよ」

「しかし、いずれ重なることもあり得ますね」

「そうだな」

「それに運賃一律三銭を唱えておられるとか」

「ああ。それはね。最初に板垣（退助）さんに話したんだ。ああ、これだと仰って受けが良かった。それから色々な政治家が話を聞かせてくれとやって来てね。総論と言うか世間の輿望はそちらに統一されつつあるな」

「政治家なんてすぐにふらふらしますよ。世間の輿望かどうか。票が取れると思っているだけではないですか」

「政治家が嫌だと言うのなら庶民の立場に立ってみろ。この鉄道では五銭、あの鉄道では七銭と値段が変わっては訳が分からない。一律三銭は庶民に受けることは間違いない」

「そんな安くして利益が出るのですか」

「そりゃあ、出るさ。値段が安いから乗る人数が劇的に変わる」

「そうですかねえ。そんな机上の計算では、いきづまると思います。まあ、合併でもすれば話は別ですが」

「ふーん。その通りだが、君のところとはやらないよ」

「どうしてですか」

「若尾さんと君は評判が悪いからだよ。東京電燈でのやり方は皆が知っているからね」

嘉一郎は鼻白んだが、雨宮は十四歳年上の先輩で甲州人でもあるから強気と先輩風は収める兆しもなかった。

「それからね。言っておくが、鉄道は公益の事業だからゆくゆくは国有化するよ。我々業者は鉄道の路線を政府に売却することになる」

「はあ？」

「それも多くの政治家に開陳ずみだ。起業は天下国家のためにあるべきだからだ」

嘉一郎はあっけにとられて帰って来た。若尾と相談したが三銭は公論になるかも知れないと言うことは一致した。雨宮は強気を崩さず、合併には応じないことも再認識した。ともあれ、今の地面を押さえる競争、認可獲得に勝って、規模の利益を考えなければならない。それに東京と言う猫額の土地を争うのではなく、八王子―甲府のような広く遠い土地も押さえるべきだと考えた。

三銭問題が解決する前に鉄道国有化論が公論になって法律が通ってしまった。国家が出来上がった私鉄を買い取ることになったのである。明治三十九年（一九〇六年）の事で、嘉一郎は無念の思いで東京電気鉄道を政府に売却した。雨宮の意見が通ってしまったのである。

売却時に驚くような利益が上がったが継続的な巨大な利益は望めなくなった。鉄道国有化の法律の埒外の鉄道を考えるしかなくなった。

第二章
正田貞一郎

祖父・正田文衛門

正田文衛門は、正田家中興の祖と言われた。文政元年（一八一八年）生まれで立志伝の人物だった。明治の半ばまで生きた。正田貞一郎の祖父に当たる人でその生きざまに大きな影響を与えた。後、文七と称したので、ここでは文七としよう。文七は体格が良く、人より頭一つ抜け出ていた。明るく爽（さわ）やかな性格で、元から文七の家は館林（たてばやし）では米穀商として抜きんでていたから志も高かった。文七は何度か江戸へ出た。米穀販売の販路を拡大したいとぼんやり考えていたのである。

館林周辺だけでも十分な商売なのに若い文七は現状に満足しなかった。館林から江戸へ出るには利根川の支流、渡良瀬川に船を浮かべてそのまま下ると江戸に出る。人や荷物を積んだ高瀬舟が船頭の竿に操られて川を下り、帰りは一枚帆を掲げて風に乗って川を上る。高瀬舟と呼ばれた舟は長さ二二・二メートル、幅三・一二メートルの木造船だった。文七の正田家は文七が生まれる一年前に一艘注文を出していた。

江戸に着いた文七はあちこち歩きまわった。商機は至る所にあり、工夫次第でいくらでも稼げそうだった。

「徳三」

一緒に連れてきた若い番頭を呼んだ。

「はい」

「これだけの大都市だ。どうして我が家の人間は江戸へ出て手広くやろうとしなかったのだろうか」

「先代は新造の高瀬舟を発注して江戸へ出ようとなさいました」

「一艘で米を運んでもたかが知れている。なぜもっと多く発注しなかったのだ」

「高瀬舟は安くはありませんからね。船頭をはじめ、風がない時に船を引っ張り上げる人足やら修理屋らの維持費も馬鹿になりません」

質問していながら文七は徳三の答えを聞いていなかった。一艘注文したところで事態は変わらない。江戸へ出ると決めればそれなりの準備がいる。五艘なり十艘なり一気に注文して情勢を急転回させなければならない。しかも大きな高瀬舟がいる。一回の荷運びで米俵五百俵から千俵は運ばないと間尺に合わない。行きは米だけでなく館林の周りには小麦が溢れている。水で溢れている館林では水車小屋がそこ此処(ここ)にあって小麦を挽いて粉にする。その粉を積んでも良いし生糸もある。帰りの船には江戸の特産品を持って帰れば館林では必ず売れる。

「なぜ江戸へ出なかったのだろう」

何度か同じ質問を帰りの船の中でやった。徳三は何度か新しい答えをひねり出そうとしたがついに何も思いつかなかった。

「旦那さんのような気宇壮大な人がいなかったからでは」

と世辞を言った。文七は世辞や虚言を好まない。だけでなく激しく嫌う。誠実の二字を掲げて世を渡ろうとしているから番頭の世辞を許さなかった。文七が顔をゆがめて叱責しようとした時
「危ないからだろうね」

と横合いから船頭が声を出した。高瀬舟には乗り合いの客が少なく風は順調に帆を膨らませていたから、船頭もつい会話に乗ってしまったのかもしれない。

「危ない？」

「お客さんは江戸まで荷物を運んでいるのかね」

「まだやっていないが、いずれやるつもりだ」

「どこに住んでいなさる」

「館林だ」

「館林の近くの船着き場に住んでいなさるわけでもなかろうから、荷物はそこから馬車で運ぶのかね」

「そうだ」

「その間は大丈夫かね」

「考えたこともなかったが、店から荷運びの応援も出るから大丈夫だと思う」

館林は治安が悪いと言うことは聞かないから大丈夫だとは思うが、自信がなかった。

「それに危ない所は他にもいろいろある。高瀬舟を襲う湖賊もいないわけではない」

「えっ。そんな事は聞いたこともない」

「湖賊も暇ではないからね。こんな小さな高瀬舟を襲うことは無い。しかし、舟にお宝が積んであればわからないさ」

館林に帰って来てから文七は考え込んだ。安全と言うことは思いつかなかった。危機管理とも言うべきことだったが、それへの対策に腐心した。

（一艘で川を渡ろうとするから危ないんだ。いっそのこと大型の高瀬舟を五艘、艦隊のよ

うに並べて川を下り、川を上ったらどうだ。しかも舟にはそれなりの護衛も乗せればよい）
作る金はある。代々積み上げた富があって、後に質屋を経営するほどであるから、金貸しの実態も金利もわかっている。文七の頭の中では〝米文〟と帆に大書きした巨大な高瀬舟が、力強く川の流れを切り裂いていた。

文七は徳三を呼んだ。徳三とはあれから何度か江戸へ行っている。

「徳三、高瀬舟は新造を五艘注文した。一年を経ずして手元に入る」

「いよいよですね」

「それまでは今ある一艘と古い高瀬舟で江戸を往復するが、運ぶだけではどうにもならない。江戸に米屋を作る。米屋を作って付近の人に売り捌くだけではなく、館林に持ち帰る物産の仕入れだ」

「はい」

「お前がやれ」

「私は番頭の末席ですが」

「江戸の支店の最も重要な任務は情報収集だ。若い番頭でなければ出来ない。頭が柔らかくなくてはな。それにな、五艘の船の警護はうちの店の若い丁稚や手代で固める。こちらから半分、江戸で半分、それぞれ剣術を習わせて上達したものから船に乗せる。お前も同様にやる。当然、私もやる。今度江戸に出た時にその道場も決める」

なるほど。徳三は納得した。剣術道場はどの道場も荒稽古だ。古い番頭では体が続かない。

当時の剣術は今よりも実戦感覚を重視した。足絡（から）みと言う技があった。つばぜり合いになった時、足を絡めて倒してしまい馬乗りになって面をはぐか、倒れた相手に上段から面打ちするかである。体当たりも強烈だった。相手が面打ちをしてくるのをかいくぐって、肩からぶつかって行く。打ち込んだ勢いそのままに相手は道場の羽目板まで飛んでいった。剣術を習いに来る道場生は厳しい修業は覚悟してはいるが、陰湿ないじめや技量の上達度はじっと見ている。師範、高弟と称する連中が剣術の技量が高くないか、人格が低劣と見て取ると、あっという間に四散してしまう。逆に教授方法が合理的であり上達が早いことが知られ、かつ師範の人格が高潔であることがわかると、門前市をなすようになる。

文七は江戸の道場の評判を調べ、茅場町にある桃井（もものい）道場を選んだ。伝手を通じて面会を申し込むと、すぐに通された。桃井春蔵（四代目）は三十台前半で後幕臣になる。桃井は道着姿で現れた。背丈は大柄と見えないのに、全身から押してくるものが物凄く道着の胸元からわずかに見える筋肉は鋼のようだった。文七は自己紹介をして、自分は館林の米穀商で今度江戸に店を開くがこれを機会に店の人間と共に入門したい、と言った。春蔵は全身を耳にして聞いている。しゃべりやすい人だと思った。

「大型の高瀬舟を五艘揃えて渡良瀬川を下って来ると」

「はい」

「ところで米穀商のことは知らないが一艘どれくらい積むのです」

言葉つきは丁寧で全く尊大ぶらない。それだけでも偉いものだ。文七を社会的な地位がある人間として、尊重しているのである。

「一艘に米俵千俵でしょうか」

「ほう」と感嘆する。子供のようだ。

「利根川や渡良瀬川には湖賊がいると言う噂でしてね」

「襲われましたか」

「いえいえ。まだ見てはおりません。高瀬舟はこれからですからね」

「それで皆に剣術を習わせて積み荷を守ろうと」

「はい」

「ははは。勇壮ではないですか。ところでもしもの時があったら、私も呼んでいただきたい。私も助けになるから」

それから益々親しくなった。江戸に出る時間が限られる文七の為に、春蔵は自ら手を取って型を教えた。

「地稽古は間合いの駆け引きや中心線の外しあいや実戦の呼吸を知るには役に立つのです。しかし。本当の殺し合いには型の稽古の方が良い。型を三本、必殺の気で一人稽古すれば十分役に立つはず」

そうして文七が江戸に出て道場に行くたびに、型の相手をしてくれた。わずか三本の型でも、春蔵が気を放ってくるために相手をするとフラフラになった。そして春蔵の強さと言えば底が知れないものだった。地稽古で高弟たちを子供のように扱った。高弟達は春蔵の前に出ると、なすすべもなく打たれた。自分から転げるように攻撃してすべて裏を取られた。

稽古が終わってお茶を誘われた文七が、春蔵の強さを褒めちぎると、春蔵は真面目な顔でこう言った。

「いや、私が家を継いだ時、実は私もそう思っていたのです」

「ほう」

「私に勝てる者はいないと」

「私も見ていてそう思います」

「文七殿は男谷精一郎という旗本をご存じか」

「いえ」

「講武所の指南役なのだが、この男と立ち会った。一番強いと言われていたのでな」

「ほう」

「一本目はあっけなく私が取った。何だ、大したことはないじゃないか。私は意気揚々として二本目に向かった。それがな。どうにもならない。鋼のような念波がやって来てな。二本目も三本目もありはしない。あっと言うまに終わってしまった。男谷は蹲踞の姿勢で終わったとばかりに礼をしているしな」

「ほう」

「後で聞いたら、男谷は挑戦してくる相手には竹刀の場合は必ず一本取らせるそうだ。誰に対してもだ。さらにこう言っていると聞いた。剣の強さを知りたければ木刀で戦うべきだと」

「木刀で戦っていたらどうなっていたのでしょう」
「まさか本気の撃ち合いはしないから寸止めになるはずだが、同じ結果だろうよ。炬のような眼光に竦んでしまったからな」

一年経って米文の船が五艘、千俵の米を積んで川を下りだした。湖賊は現れず積み荷を江戸で下ろしたが、すぐさま待ち構えていた徳三差配の帰りの荷物を積み込んだ。往復するだけで死ぬほど儲かった。当時、館林から江戸へ大掛かりで往復する船は無い。文七は往復するだけでなく、江戸や堂島の米取引にも手を出した。誰が系統だって教えたわけではないのに連戦連勝した。徳三は相場を張る文七が危なっかしくて仕方がなかったが、文七は負けなかった。持ち帰る金銀は蔵に積まれ、まわりは羨むばかりだった。ついに徳三は、自分の主人が稀有な人であることを理解した。

文七のもう一つの特徴は慈悲心が強いと言う事だった。彼は家訓として次のような事を常に言った。『財は末なり、徳は本なりと』

こういう言葉を言って世間を欺く金持ちとは違って、文七は筋金入りだった。安政の地震が起きた時、その知らせが届くやいなや、蔵の中の米だけでなく館林中の米を買い集め高瀬舟に積んで江戸に向かい、その米をすべて無償で放出した。見返りも求めなかったし、配り終わると館林に帰った。人は何のために生きているのか。財を積み上げるのは徳を立てるためである、本気でそう思っている。

正田家の家訓はずっと続き、孫の貞一郎になると少し表現が変わった。『信を以て万事の本と成す』と。信がすべての根本であり、人間として誠実に生きるの意味もある。さらに、顧客、従業員、株主に信を貫くと言うことでもあった。貞一郎は愚直にこれを守り続けた。文七に似ていた。

文七は地元では施しを多くした。質屋も経営していたが、これは困った人に資金繰りをつけると言う意味であり、話を聞くうちに同情して本業を忘れることの方が多かった。

ペリーが来た。幕府は混乱し、ついには大阪で薩長とぶつかった。桃井春蔵は幕臣になっていたが、将軍直臣として将軍の護衛となって大阪へ行った。やがてその幕府軍が負け、将軍が逃げ帰って謹慎すると言うことになった。館林藩は幕府にとって特別な藩だった。名字帯刀を許されている文七にとって、館林藩だけでなく幕府そのものが心の支えだった。文七が受けた衝撃は大きかった。米穀商売自体は順調で商機を掴む才能も衰えていない。

薩長軍が江戸へ進軍してくると言う。

「桃井先生はどうなった。将軍の護衛だから一緒に帰って来たのか」

「いえ。堺の方へ落ち延びたとか」

「堺？なぜ堺なんかにいる？徳三。おかしいじゃないか」

「道場自体、人の出入りが激しく幕臣も多かったですから、稽古どころではなくなって」


さらに詳しく調べてみると桃井春蔵は鳥羽伏見の会戦に反対し、反目する会戦派に命を狙われたと言う。そうしている所に将軍が突然消えた。護衛すら連れて行かなかった。翌日、幕府軍は大混乱に陥って大敗。そのまま江戸へ退却した。堺へ逃げ延びた桃井は江戸に帰って来なかった。直臣であった桃井は、文七以上の衝撃を受けたに違いない。天下の征夷大将軍が一戦も戦わずに単騎逃げると言う。そういう醜態を桃井は許せなかったに違いない。

徳川幕府は治世三百年近い間、官吏は概（おおむ）ね清廉（せいれん）で経世済民の思想で塗り固められていた。差別と収奪の歴史などと言うのは左巻きの連中が作ったプロパガンダに過ぎない。人は人の為に尽くすべきであると行動したのは文七だが、文七の考えは社会が醸成（じょうせい）したと言っても良い。穏やかで善良な人として生きると言う考え方が庶民を初め武士達に出来ていたと考察すべきである。

やがて薩長軍が江戸を占拠し、上野に集まった彰義隊が殲滅された。

(店じまいだな。これ以上はやれない)

文七は徳三を呼んだ。

「徳三。江戸の店を閉める」

「は?商売は昔ほどではありませんが、順調ですが」

「剣術でも相場でも一番大事なのは見切りだ。見切り千両と言う。上方流に下世話に言えば利食い千両だ。手じまいの時期を誤ったら身を亡ぼす。店には売掛金や買い付け金とかあってすぐには畳めないだろうから、何年か時間をかけて構わない。但し、館林の店も畳むから、それなりに急いでくれ」

「げえっ」

徳三は文七の下で大きな商売を担い、痛快で面白い生き方をして来た。成功の興奮が彼をずっと捉えてやまない。それなりに私財も得た。それを捨ててしまうと言う。

「しかし」

文七の才気、たぐいまれな度胸、先を見通す能力をずっと見てきた徳三は残念でならなかった。

「店を閉じて終わるとして、この後はどうするのですか」

「館林の野田さんに教えを乞うて醤油醸造に乗り出す。既に話は付いている」

「米屋から醤油屋に？」

「ああ。醤油は大きな変動はない。子孫の為に、これは残しておいてやる。そうしてお前は醤油醸造の番頭だな」

「はあ」

「徳三。考えてもみろ。桃井先生ほどの人が、今、堺で逼塞（ひっそく）に近い状態で生きている。考えられるか」

桃井は年上の文七を長者として敬い、礼節を尽くしてくれた。桃井の知っている剣術のすべてを惜しげもなく披露するだけでなく文七の商売の話を、全身全霊で聞いていた。高峰の様な剣の技を少しも自慢しなかった。文七は稽古も楽しかったが、桃井と談笑するのがもっと楽しかった。江戸期三百年が練り上げた武士を見ていたからである。その桃井の様な男が堺で逼塞（ひっそく）している。新政府、ご維新と称する連中は何なのか。

この頃、ゴマの蠅（はえ）に絡まれた事件を文七は記録に残している。脳中、すべて考え事をしている文七は籠に乗ってから担いだ前後の籠かきが、ゴマの蠅である事に気づいた。意図的に籠を揺らし、脅迫的な言辞で脅して来たからである。気づいた時には籠から身を投げて飛び出し立ち上がった時には脇差を抜いていた。

「私は志学館の桃井春蔵の門下、正田文七である。命のやり取りなら受けても良いぞ」

そういうだけでなく脇差を正眼にしたまま、にじり寄った。実戦では弱敵でも油断するな、剣技の優劣ではない、命を捨てた方が勝つ。そう桃井に教えられた。ゴマの蠅二人に囲まれるとは思わなかった。まず、目の前の敵を倒す、その事だけを考えていた。ゴマの蠅は桃井道場の士学館を知っていた。江戸の人間なら誰でも知っている名門だ。その弟子が脇差と共にじわじわと寄って来る。恐怖に耐えられなくなってわっと言って崩れた。

(湖賊と戦うはずが、ゴマの蠅を驚かせるだけになった)

自嘲と共に舘林に帰った文七は、明治六年には完全に米穀販売から足を洗い醤油醸造の道に入った。新政府に何ほども絡もうともせず舘林の町で静かに生きた。長男を亡くしていたため醤油醸造を親戚の人間に継がせていたが、それからは何ほどの事績を残したと言う事がなかった。孫である貞一郎の成長を見守っていたが、別段、何をせよと言うわけではなかった。文七は人が変わったように明治を生きた。

貞一郎、醤油醸造を継ぐ

貞一郎は明治三年（一八七〇年）に生まれた。父は作次郎、母、幸の長男である。父は貞一郎が二歳の時に亡くなったから、それからは祖父文七の手元で育てられた。貞一郎は名門、正田家の長男だから、すべてに渡って鷹揚で、殿さまのようだったと言われた。あれほど人の好き嫌いが激しい嘉一郎が、雇うなら鷹揚なのが良いのだと言ったと言うから、嘉一郎好みの人材の範疇だったのだろう。

後に登場する宮島清次郎は貞一郎の九歳年下で、お互いを認め合い五十年間莫逆の友だった。と言って二人とも宴会嫌いで仕事が終わるとさっさと家に帰ってしまうので、五十年の付き合いの内、外で二人が飯を食ったのは数回だと言う。それも嘉一郎が死んだ後、東武鉄道をどうするかとか武蔵学園や根津美術館をどうするかと言う話し合いだったと言うから、それから推し量ることはできるだろう。

貞一郎は外交関係の官吏になろうと決意して東京高商（現、一ツ橋大学）を卒業したが、ちょうどその時、醤油醸造を経営していた叔父が死んだ。舘林から連絡が来て至急帰れと言う。

文七の命令は絶対である。館林に帰ると醤油醸造を継げと言われた。普段はうるさい事は何一つ言わず、貞一郎の自由にさせていた文七だが、家業を継ぐ者がいないとなると事情が違う。一族の中では神の扱いだった文七に言われれば否とも言えず、鷹揚な性格も相まって醤油醸造に携わる事になった。悔しかったに違いない。

しかし、一度、後継者になると一生懸命に仕事をしだした。宮島清次郎がとにかく真面目一徹と称した性質から、手を抜いたりさぼったりしないのである。貞一郎は大福帳を複式簿記に切り替え、販路拡大にも乗り出した。縞の着物を着ながしにして、角帯をきっちり絞めて前掛けを掛けていた。時間には生涯正確を期したからというよりせっかちだったから、朝が早い醤油醸造で一番早く起きた。そして右手を帯の間に挟んで咳払いをしながら工場を見て回った。遅れる人間を叱責する事はなかったが、次第に社員たちが見習うようになった。工場を見て回ると普段は見えないものが見えた。

貞一郎は工学関係が詳しいわけではなかったが、その素養があるらしく、設計図を見るとすらすらと理解した。醤油の原料は小麦でもあるわけだが、それを焙煎する機械を自分で作って特許を取った。尋常でない能力である。穏やかでまじめで俺が俺がと言わないために目立たなかったが、まわりで働いている人間は、若社長が尋常でない能力を持っている事を知っていた。

貞一郎は醤油醸造をずっと生涯の事業にするつもりはなかった。家業であるから、守って行くことが祖父のためにも家のためにもなると思って耐えていただけである。どこかに起業の機会はないかと探していた。舘林は田舎で人口も限られていて商圏が小さい。始めるのなら製造業による起業しかないが、貞一郎は考え続けていた。

ある日、醤油の販売で田舎道を歩いていた時、水車小屋が目に入った。上州ではどこでも見られる光景で、見落とすほどに見慣れているはずだった。せせらぎの音と共に粉を挽(ひ)く、規則的な音が響いた。まわりの農家は水車小屋を作り畑で採れる小麦を挽いて余剰分を売って取り分としていた。それが次第にできなくなっていると言う。

米国から来るメリケン粉に品質で全くかなわず劣勢になっているらしい。

(聞いた話では米国は機械で小麦を挽いていると言う。幾らでも輸出できるわけだ)

そう思った瞬間、天啓のように閃(ひらめ)いた。米国の粉挽き機械を買って来てこの近くの農家から小麦を取り寄せれば良いじゃないかと。米国から何か月も掛けて輸入するより効率的で安くなるに決まっている。そう思うと矢も楯もたまらなくなった。

同じ事を思いついたのは貞一郎だけではなかった。遥か昔、東京都内の鉄道敷設で嘉一郎と戦った雨宮敬次郎が、最初に貞一郎と同じ事を思いついた。雨宮は生糸の相場で乾坤一擲の勝負をして勝ち、女房に自分がいない間の生活分を渡すと渡米した。究極の目的はイタリア人の繭紙業者とイタリアに渡ってひともうけを企んだのだが、イタリアへ行く前に米国を見て来ようと思って船に乗ったのだ。大陸横断鉄道で腰が抜けるほど驚いた。ホテルのシャンデリアでめまいを起こした。しかし一番感動したのが、田舎町で見た製粉の工場だった。雨宮は頼み込んで工場の中を見せてもらった。

人がほとんどいないだけでなく工場の中に巨大な石うすの様な機械があった。それが音を立てて動いている。雨宮は自分の事を天下の雨宮と呼んでいて、かつ人にも呼ばせてきた。何事かを成し遂げようとする志を持っていたからだが、ほとんど人のいない製粉工場を見て驚きを通り越した。文明とはこれを言うのであると。生糸の相場を当てたの外したのと言っている自分が情けなくなった。当てれば大きな屋敷に移り、外せば素寒貧になるので小さな借家に住む。そんな事の為に生きているのではないと心から思った。

ただし、東京の水道鉄管事件という汚職事件があり、連座を適用されて冤罪ながら、長い間牢屋に入っていたから起業が遅れた。牢屋から出た雨宮は、明治十二年（一八七九年）に製粉会社を作った。名付けて日本製粉。最初は散々だったが、陸軍の兵站用にビスケットを焼いて成功、大きな会社になった。雨宮は、その会社を売り払った。彼の関心が鉄道敷設に移ったからだが、その日本製粉も色々あって、後年、貞一郎の会社と合併話が出て来る。その顛末はいずれ詳しく書くつもりだ。

製粉機械の輸入

さて、機械を輸入する方策を考えていたが、東京高商（現一橋大学）時代の友人、商社に勤めている男が仲を取り持っても良いと言う。最新鋭の機械だという。貞一郎は飛びついた。

「正田。注文すれば機械は海を渡って届けられるが、設置をしてくれるわけではないぞ」

「取り扱いの説明書はあるんだろう」

「ある。英語だぞ」

「英語は辞書を使えば読める」

「それはそうだが、故障をしても米国から技師は来てくれないからな」

「俺がやる」

「ところでお前のところは英語が読める社員は何人いるのだ？」

「今は俺一人だが、いずれ雇う。理工系の人間も増やしていく」

「ふーん」

「ところでその最新鋭の機械を使うと一日、どれくらい製粉出来る？」

「百バーレルと書いてあるな」

「バーレルとは」

「製粉した小麦粉を詰めた麻袋八十九キロの事を一バレルと言う。二十キロの小麦粉袋四袋分かな」

「多過ぎるな。その半分の機械は出来るか」

「聞いてみないとわからんが、出来ないことは無いと思うがな」

「よし。最初だしどれくらいかわからないから、小さく産んで後で大きくしよう」

言われたアメリカの会社はそんな小さいおもちゃのような機械をどうするつもりだと言ったらしいが、ともかく希望に応じてくれた。運ばれてきた製粉機を英語辞書と格闘しながら設置までこぎつけ、試運転もやり遂げた。醤油会社の大福帳を複式簿記に切り替えた時から始まって、今度は新会社の製粉機を動かす術まで、すべて自分でやった。

こうして館林製粉を館林市に作った。明治三十三年（一九〇〇年）の事である。

館林製粉は最初から軌道に乗った。館林は穀倉地帯で小麦は溢れている。しかも最新鋭の機械で量産している。米国からはるばる輸入してくるメリケン粉よりも価格競争力があった。どんどん売れ始めた。販路拡大のために、早く多く小麦粉を都会へ運ぶ必要があるが、館林は田舎で一挙にそれを解決する方法を思いつかない。貞一郎はあぐねた。そしてある方法を思いついた。

嘉一郎のもとへ

明治三十五年（一九〇二年）買い取った東武鉄道の社長になった嘉一郎は、東武鉄道再建に悪戦苦闘していた。役員全員に辞表を書かせ新しい体制で始めたものの、長年の弛緩体質はすぐには変わらず赤字が重くのしかかって来た。嘉一郎は東武鉄道の社長室に布団を持ち込みそこで生活を始めた。嘉一郎は社内を常時見て回り、落ち度があると担当者を呼んで叱りつけた。緩み切って平然と赤字にする役職員に喝を入れるためでもあったが、会社を離れることが不安なためでもあった。嘉一郎が会社のどこにでもいるため、社員は緊張して仕事が早くなる。深夜でも会社にいるため、報告ができ、反応も早い。公私混同は厳禁で、そう言う社員は放逐された。外部の業者とつるむ人間もいなくなった。無駄をなくし冗費を削り、会社を筋肉質に変えていった。無論、高すぎる借入金利にも切り込んだ。赤字をなくすことに全社員の意識を集中させたが、それだけではだめなことを嘉一郎は知っていた。新しい希望や収益の拡大予想が必要なのである。

東武鉄道の路線は、その頃、利根川以北は延びていなかった。赤字と資金難で増資に応じる投資家が少なかったからである。役員になぜ利根川以北に出ないのかと聞くと、驚いたようにとんでもないと応えた。せっかく黒字化の目途が立って来た時に、また赤字にするのかと言う。役員会で諮ると全員反対だった。嘉一郎の薬が効いて赤字になるような施策はすべて反対なのである。

一方、家に帰らない嘉一郎は血の小便が出始めた。過労の兆候である。宴会にも出ず人付き合いもほとんどしないで、会社を朝、昼、晩、深夜でさえ見回っているのである。ごみ一つでも見つけると、時間構わず社員を呼びつけて怒鳴るため、社員は戦々恐々とするが、嘉一郎も限界に近付いていた。

（社員を竦(すく)ませるだけではだめだ。路線を拡大して役職員を活気づかせないと）

硬軟使い分けを知っている嘉一郎は利根川以北の路線開拓の為に、鉄橋を立てて延長すると役員会で発表するが、今度は財務体質を悪化させると猛反対が起こっていた。

そんな時、館林から貞一郎が東武鉄道の本社に嘉一郎を訪ねてきた。貞一郎は製粉業が順調で利根川以南まで来ている東武鉄道に狙いを定めた。東武鉄道の路線延長に便乗して館林まで引き込み線を付けて、工場の前まで来てもらえば大量に小麦を関東に運ぶことができ、社業を一新させる効果も期待できる。

ただし、調べさせると、根津社長の評判がすこぶる悪い。乗っ取り屋と言うのは世間一般が言っている事だから悪評とも思えないが、冷酷から傲慢、独裁者に至るまでろくなことがない。ぼろ会社を買い叩いて金を儲けると言う。

「館林製粉?」

応接室ではなく社長室に通させた嘉一郎は、目の前の三十代半ばの若い男を見た。溌剌として明るい。育ちの良さを感じさせて、人物評価が厳しく好き嫌いが激しい嘉一郎が好きな範疇に入った。

「岩崎清七の紹介で来たんだな。岩崎からも話は聞いている。どうして岩崎を知っている」

「岩崎さんのお父さんが醤油業で、私の祖父も醤油業でした。そういう縁で岩崎さんを知っていました。知っていると言っても面識がある程度ですが、根津さんに会ってお話がしたいと思いまして無理やり岩崎さんにお願いしました」

「ふーん」

貞一郎は自己紹介をして自分は製粉会社を起こして社業は順調に伸びているが、ここに問題がある。舘林と言う田舎のため製粉した小麦粉を都会へ運ぶ術がない。どうしても荷馬車で運ぶしかないが、それだと手間がかかり輸送費も高く量を捌く事が出来ないと言う。貞一郎の、専務と書いてある名刺を見ながら嘉一郎はじっと話を聞いていた。一方、貞一郎のほうでも、嘉一郎の座った椅子の向こうのベッドを眺めていた。この人は会社で寝ているのかと思った。

「俺も製粉会社を持っているよ。大日本製粉と言うのだが、知っているか」

「聞いたことはあります」

「福沢桃介と言う悪友も製粉会社を持っている。桃介は福沢諭吉の娘婿だ」

「はい」

穏やかに貞一郎は返事をした。

「桃介が持っている会社を日清製粉と言う。桃介の話も、俺が持っている大日本製粉にしても、経営がかんばしくないから、館林の話は実感とは違うな」

「やり方だと思いますが」

若い専務が言うに事欠いて大胆な自信を見せた。嘉一郎は咎めなかった。歯ごたえのある若者の態度は、実は嘉一郎の好む所である。

「館林と言ったな」

「はい」

嘉一郎は傍に在った呼び鈴を鳴らした。秘書が走る様に部屋に入って来た。実に小気味が良かった。

「路線敷設の地図があったな。それを持って来い。それと、館林の詳しい地図も」

すぐに資料が手元に来た。嘉一郎はその敷設計画表と館林の市街地図を机に広げた。敷設計画表は外部に見せないものだが、こんなものを見せて大丈夫かと貞一郎は訝しんだ。

しかし話が早い。

「何だ？ 極秘資料を見せるのはだめか。まあ、あまり人に見せない方が良いな。土地を買わなければならないからな。外部に知られるとまずい」

「はい」

「舘林に行くにしても、まず利根川を渡る鉄橋がいるよ」

「はい」

「金が掛かるからな。役員連中は猛反対で、しばらく様子を見て泳がせているが、こんな事は経営者として独断するしかないんだ」

目の前の若い貞一郎を相当気に入ったらしい。

「お前の所の舘林製粉はどこにある？」

いつのまにかお前になった。嘉一郎と貞一郎は十歳、年が違った。

貞一郎は舘林の地図上を指で示した。

「ここです」

「遠すぎるな」

「はっ?」

「お前の所は貨物のための引き込み線をつけてくれと言う。費用が掛かるんだよ」

鉄道にとって貨物輸送は収益源の一つであり東武鉄道にとって悪い話ではない。しかし、あまりにも本線から離れるのも問題だ。まして館林製粉は巨大な製粉会社ではない。

「もう一つの敷設計画の地図を見て見ろ。相当、本線から離れているのがわかるだろう」

貞一郎は、その地図を凝視した。確かに離れているが、引き込み線が出来ない程ではない。この人は私と交渉をしているのか。応分に汗をかけと言っているのか。貞一郎はもう一度館林の地図を見た。そして一点を示しながら言った。

「ここまでなら工場を移せます」

「俺は目が悪いのでな。この赤鉛筆で印をつけてくれ」

貞一郎は嘉一郎の手から赤鉛筆を取って地図の上に印をつけた。それを見ていた嘉一郎は頷いた。この若専務は決断が早いと思った。交渉と言うのがわかっているようだ。

「よし。お前の新しく作る本社の前まで引き込み線を敷いてやる。但し、鉄橋も掛けなきゃならないからな。二年かかる。二年後だ」

あっという間に約定が成立した。契約書も何もなく口約束に過ぎなかったが、根津社長は必ず引き込み線を引いてくれると貞一郎は確信した。そして彼が世間の評価と全く違う経営者であると理解した。この人は別格の人なのだと。貞一郎は嬉しくなって、さっきから気になっていた社長の机の後ろの布団を見た。

「泊まり込んでいるのだよ。そうしないと会社の体質を変えられない。お前は工場に泊まり込むことはないのか」

「ありません。定時に帰ります」

貞一郎は残業も嫌いなら宴会も嫌いで、定時に家に帰った。はるか後年、新工場が火災で焼けて死傷者が出た時を除き、家庭生活を優先した。これは死ぬまでずっと続けた。

「ふーん。そうかい。それは結構なことだ。ところで、近い内に折を見て館林のお前の製粉工場を見に行くよ」

それで話は終わりになった。あっという間に貞一郎の目的は達成された。

折を見てと言っていた嘉一郎が突然、館林の製粉工場にやって来た。あいにく貞一郎は事務所にいなくて隣の製粉工場にいると言う。社員に案内されて嘉一郎は製粉工場へ来た。出来上がった小麦粉を馬車に積み込むために忙しく働いているわずかの社員を除いて、小麦を挽いている機械も止まっている。工場の中を見渡しても貞一郎はいなかった。

「専務がいないようだな」

「いえ。さっき入られたばかりですから、工場にいるはずなんですが」

そういう内に製粉機械の下から菜っ葉服を白く汚して貞一郎が出て来た。すぐに嘉一郎に気づいて嬉しそうに頭を下げた。

「気づきませんで」

「そこで何をしている」

「製粉機が動かなくなりましてね。修理しておりました」

「お前の会社は機械が故障するたびに専務が修理しているのか」

「はい」

「大学では機械工学でもやっていたのか」

「いえ。すべて独学です。原理原則さえわかれば簡単ですよ。それに修理の人間を一々、館林まで呼んでいれば、時間と労力ばかり掛かってどうにもなりません。自分の工場の機械を直せないような専務はだめです」

上品で鷹揚（おうよう）な感じは消えていないが、どうも最初の印象よりも意志は強いようだ。それに社員は初老の男もいたし、若い男も多くいたが、初老の男は若い専務を盛り立てようとしているのがわかったし、若い社員は専務に憧れて一緒に働くのが楽しくて仕方がないようであった。あとで近くにあった醤油醸造所も見せてもらったが、貞一郎が作った小麦粉を炙る機械もあった。特許を取っていると言う。嘉一郎は表には出さなかったが感服した。

帰って来た嘉一郎は東武鉄道の役員会で反対する役員を一喝して黙らせ、貞一郎との約束を守った。二年後に、引き込み線が新工場の前まで来たのである。

館林（たてばやし）製粉と日清製粉の合併

福沢桃介と言うのは嘉一郎にとって情報源であると共に、福沢諭吉人脈につながる大事な窓ではあった。しかし鬱陶（うっとう）しい男でもあった。桃介は嘉一郎を、機敏さが足りないから何度か相場で死にかかるのだと批判していたし、嘉一郎は言葉にすることは無かったが、桃介は過敏に反応し過ぎると思っていた。今も二人で酒を飲みながら製粉会社の話になった。過剰供給と言うべきか、パン食と麺類の需要以上に製粉会社が増えていた。メリケン粉と称する米国からの小麦粉輸入も増えていた。

「俺の所の日清製粉も過剰在庫でな。業績は酷くなってきた。お前の所はどうなんだ」

「大日本製粉も同じだよ。しかし、日露の勝利の反動が来ているだけで、また元に落ち着くよ。過剰在庫がどうのこうのと言う問題ではなくなると思うぞ。今が陰の極だ」

「そんなに言うならお前が日清製粉の株を買ったらどうだ。お前の大日本製粉と合併するために」

「俺のところも苦しくなっている。それにお前、売ると言うが時価で売るんだろうな」

桃介は言い淀んだ。油断も隙も無い男で、時価以上で引き取らせるつもりだったのか。

その時はそれで終わった。桃介も日清製粉の大株主の一人でもあるが、他にもいろんな会社に手を出して忙しいし、嘉一郎はぼろ買いと言う方式を編み出して業績の悪い会社を集中して買いあさっていた。ぼろ株だけで三十数社あった。とても東武鉄道のように、自ら会社に乗りこんで会社を変革することは時間が許さなくなっていた。

一方、世間の製粉会社の苦境をよそに見て、舘林製粉は苦闘しながらも好調だった。業績好調だから工場を拡張し機械を買い増しして販路拡大のための人員を増やした。当然、資金繰りに工夫がいる。資本金を増やす必要があった。貞一郎は嘉一郎の下を訪れた。貞一郎は嘉一郎が世間で言われているような人ではなく、頼ればどれほど助けてくれるかもしれない義侠の人であることを見抜いていた。こういう人はいっそ、頼り切って体を預けるほうが良いと思っていたのである。

嘉一郎を訪ねると東武鉄道の社長室ではなく応接室に通された。

「社長室で布団を見せられると思ったか」

「いえ」

「医者から止めろと言われたよ。血の小便で死んだ奴はいないし血の小便が何かを今すぐ引き起こすことは無い。但し軽視しているとどこかで、ガタが来ると」

「はい」

「それに東武鉄道も目途が立ったしな。お前の所にも引き込み線も入れた。だからもう会社で寝る必要もなくなった」

「引き込み線ありがとうございました。おかげさまで貨物量が何倍かになりました」

「今日は何だ?」

「商い量に伴って資本が必要になってきました。このままでは需要に供給が追い付きませんし、販売を推進するための金もありません」

「増資を募りたいのか」

「はい」

「旗振り役がいるんだな」

「はい」

「俺にそれをやれと言うのか」

「はい」

「資本金は今いくらだ」

「六万円です」

「それをいくらにする」

「六十万円です」

「ふーん」

別段驚かないので、少し安心した。

「製粉会社は苦しい所は多いけどな。金の出し先を探している投資家は多い。何とかなるだろう」

「ありがとうございます」

貞一郎は嘉一郎が言うのだから、何とかなると思った。

「そんなことより条件と言うか、飛躍のための話がある」

「何でしょうか」

「俺の年来の悪友で福沢桃介と言うのがいる話はしたな」

「日清製粉の」

「ああ。こいつは日清製粉の大株主なんだが、こいつだけでなく実務の連中もにっちもさっちもいかなくなって途方に暮れている。合併する先を探している。どうだ」

「望外の事です」

「うむ」

合併会社に差配する人を得れば、会社は飛躍し利益は膨大なものになる。東京電燈や東京電気鉄道で得た嘉一郎の信念だった。若い正田を押し立てれば、必ずそうなると嘉一郎は考えた。絶大に信用していたのである。製粉機の底から出て来た貞一郎の白い顔がずっと浮かんでいた。

嘉一郎は資金集めのために自ら社長になって、貞一郎は専務を継続した。そして日清製粉との合併を成し遂げた。舘林製粉六十万円、日清製粉百万円、合計百六十万円の資本金である。合併が成立した日、嘉一郎は貞一郎を呼んだ。

「今日から新会社だ」

「はい」

「新会社の名前はお前の希望通り、日清製粉になった。合併された方の名前が継続されるのは異例のことだ。確かにお前の言うとおり、アジアをにらんだいい名前ではあるがな」

「館林製粉では地方色が強すぎますからね」

「俺は社長を辞任した。日清製粉側もそうしたから社長は空席だ」

「はい」

「後はお前がやれ」

根津さんはきっとそうすると確信していたが、やはりそうだった。

「はい」

「すぐに社長を名乗ってもいいし、専務のままでやっても良い。とにかくお前が最終責任者でお前の上は誰もいない」

「しばらくは専務のままでいます」

「うむ。お前の始めた館林製粉は、はたで見ていても社員と専務のお前が一枚岩で結束していた。世間から見ても珍しいほど調和した良い会社だった。しかし、今回は合併会社だ。名前こそ日清製粉になったが合併された連中は恨みこそあれ、どう思っているかもわからん。しかも一番上は館林製粉あがりだ」

「わかっています」

「困ったことがあったら言ってこい。軌道に乗るまで苦労するはずだ」

「ありがとうございます。何とか捌いて見せますよ」

そう言って貞一郎は、横浜の日清製粉に乗りこんだ。何とかなると思っていたのだが。

合併後の新会社で奮闘(ふんとう)

貞一郎は「信を以て万事の本(もと)と成す」と言い続けたし、自らそう律してきたが、その経験は、館林製粉の起業と社員との交流にあった。貞一郎は彼らの報酬を満足のいくものにして来たし、福利厚生を常に図って来た。社員が病気をしたと聞くと心から同情した。社員も貞一郎を尊敬し会社のために働こうとした。そういう関係だった。しかし、横浜に来てみるとすべてが違っていた。貞一郎は最初は黙って様子を見ていた。合併したのだ、すべて舘林流でやるわけにも行かない、と自制したのだ。

しかし、我慢しきれなくなった。まず、収支計画や経費管理が野放図なものだった。合併された方が合併した方に合わせるのが普通だが、彼らはやり方を変えようとしなかった。経費がどんどん膨らんでいく。このままでは、館林製粉が吸い込まれて行きそうだ。彼らは長期的なビジョンを持ってすらいない。小麦の仕入れは穀物相場を張ることとは微妙に違うが、仕入れと言う会社にとって重要な事を、どうやら支店ごとにやっているとしか思えなかった。

（思ったより酷い。一刻も早く止めないと大変なことになる）

そう思った貞一郎は、彼にしては珍しく過激な方法を用いた。面従腹背（めんじゅうふくはい）の日清製粉に苛立っていたのかもしれない。幹部職員の何人かの首と、支配人の主だった人間の首を突然切ったのである。大騒ぎになった。元々、幹部社員は日清製粉と言う有名企業で幸福に生きていた。それが田舎の会社に合併させられただけでなく何人かが突然首を切られたのである。残った人間は団結した。その内の一人が血判状を自宅に送りつけてきた。自宅を知っているぞと言う脅しでもあった。

貞一郎とその夫人である、きぬは終生仲が良かった。二人は生涯で十人の子を持ち、貞一郎は十歳年下のきぬを溺愛していた。きぬと家族に万一の事があってはと避難させるほどだった。

悪い事が重なった。元々、製粉景気がそれほど良くない時に会社を合併させたのだから、銀行は貸してくれない。そう言うことだから配当は削減され、増資は払い込み徴収がやって来る。一部株主から猛然と反対運動が起きて、貞一郎と他の役員に対して解任動議が来た。それは僅差で乗り切ったが、貞一郎は初めてのことでもあり、疲労困憊（ひろうこんぱい）した。株主と社員と市場と。三方から責め立てられてはさすがの貞一郎も音を上げた。貞一郎は決意して嘉一郎を訪ねた。嘉一郎は、日清製粉からは完全に身を引いている。

「どうした。何か用か」

「日清製粉の社長になってくれませんか」

「弾除（たまよ）けになれと言うのか」

「実はそうです」

正直に言った方が嘉一郎は機嫌が良い。嘉一郎はどんな嘘も見破ってしまうからだ。

「疲れたか」

「はい」

「お前のやった事は少しも間違っていない。よくやっているか見ていたが。よし、しばらく弾除けをしてやる」

何度も思ったが、この人は義侠の人だと痛感した。嘉一郎は社長に復帰すると、ズバズバと問題点を解決していった。おりから景気が回復し、製粉会社に追い風が吹いてきた。貞一郎は組織内の問題に専念して、次の手を考え実行する余裕が出来た。それから、しばらくして貞一郎はアメリカ欧州の出張に出た。四ヶ月と言う長期出張で、日清製粉の長期戦略を構築する視察であった。

貞一郎の話はいくらでも続くのだがそれはまた別の機会で述べる事にしよう。嘉一郎のもう一人の部下である宮島清次郎を語らなければならないからだ。

第三章
宮島清次郎

●この章に関係の深い人物

金子直吉（1866年～1944年）
丁稚奉公から身を起こし、20歳で神戸八大貿易商の一つ・砂糖問屋である鈴木商店に入社。事業を継承し、大正時代には三井財閥、住友財閥、三菱財閥をしのぐ規模の企業グループに拡大させた。

写真出典：国立国会図書館より転載

岩崎清七（1865年～1946年）
家業の米穀商、醤油醸造業を継ぎ、磐城セメント（後の住友大阪セメント）を設立。日清紡績、日本製粉などの経営に関わり、一九二七年から第七代東京瓦斯社長。

写真出典：東京ガス 100 年史

岩崎清七を通じて嘉一郎と会う

人の縁と言うのは不思議なものだ。宮島清次郎の東大入学の保証人は片山潜である。片山は歴史に残る社会主義者で本当なら接点すらないはずだったが、片山が彼の思想を宮島に押し付けなかったからだろう。宮島は社会主義者にはならなかったが、工場にいる職工や女工の同情者であり続けた。紡績会社だけでなく工場の経営など、彼らの声を聞かないでどうしてできるのかと言った。その片山と岩崎清七とがアメリカ留学時代の友人で、さらには岩崎の父と宮島の父も知り合いだった。その縁もあって、岩崎は宮島のことを知ることになった。ついでに縁と言うと、岩崎は日本製粉の社長になって正田貞一郎が率いる日清製粉と合併寸前まで行った。岩崎は、その後、東京瓦斯の社長や磐城セメント社長を続けた。

ここで少し、岩崎清七について書いてみる。

岩崎清七は醤油醸造と雑穀商を営む父の下で長男として生まれた。父は豪商とも言うべき人で、古河（茨城）あたりで手広く商売を営んでいた。岩崎はアメリカに留学しコーネル大、イェール大に学んだ。アメリカの大学を出たものは月給が当時百円だった。岩崎は喜び、第一銀行に就職が内定したが、横やりが入った。

高々月給百円で奉公人になるのか？　そんな事なら家業を継げと父に厳命されたのである。草履履き(ぞうりば)きの前掛けで醬油売りになった。汽車が通っている所は汽車で行き、汽車がない所は徒歩で歩いた。信州へ行ったときなど仕込み杖とピストルを懐に持っていたと言う。岩崎は一歩一歩、父の後を継ぐべく努力をした。人を見る目が公平なので宮島の能力を世に出る前から見抜いていた。十六歳年下の男に対してである。

岩崎と嘉一郎は日清紡績の大株主同志と言う縁で知り合いだった。日清紡績の業績が悪化してどうにもならなくなった時、二人は鳩首(きゅうしゅ)した。誰か社長を送り込んで立て直さなければならないと。

岩崎が嘉一郎に切り出した。

「最適の候補がいる」

「誰だ」

「宮島清次郎と言う」

「聞いたことがないな」

「若い男だからな。まだ三十代の半ばくらいだろう」

「それは無理じゃないか。紡績会社は社員が何百人といる」

「それはどうかな。彼は義理の親父の経営する紡績会社を見事に立て直して尼崎紡績に合併させた。住友鉱山にいた時に、鉱山労働者の焼き討ちがあった。彼は五十人の部下に日本刀を配って、バリケードを築いて本部を守る指導者になった。新入社員の時の話だぜ。いつのまにか彼が指導者に祭り上げられていた。それでいて鉱夫の待遇改善を最も訴えていたのは彼だった」

「ふーん」

「事態が大ごとになったから住友の本社からえらいさんが来た。宮島が案内して、そのえらいさんになぜ鉱夫の言う事を聞かなかったのかと非難したそうだ。えらいさんがなぜ日本刀を配ったのかと言う質問に、逆に本社が焼き討ちにあうのを見ているのかとやり返したそうだ。そのえらいさんも大した男で、これは相当の男だから上海支店長にするべきだと言ったそうだ」

「上海へ行ったのか」

「義父が経営する紡績会社が業績悪化していたからな。新妻の縁でその紡績会社の社長になって立て直した。だから紡績会社の社長は経験済みだ」

「ふーん」

「そういう男だからな。住友は待ってくれていて上海支店長のポストを用意している。宮島は迷っているんだ」

「普通なら行くだろう。なぜ行かないんだ」

「奥さんだよ。はたも羨むほど仲がいい夫婦だが、奥さんは病気がちで上海へ行けるかどうかはわからない。そこで、俺は彼に紡績会社の社長でもう一回やれと訴えた。何度か会って、彼もやっても良いと言い出した。一つ条件があると」

「何だ？」

「やる以上、自分の流儀でやるから半年か一年程は黙って口を出さないでくれと。根津よ。宮島はお前に言っているんだよ。大株主でうるさいのはお前だけだ。お前が黙っていれば他の株主は黙っている。業績はこれ以上悪くはならないのだから、半年程度は黙って宮島を見てやれるだろう？」

「今度来るんだな」

「連れて来る。お前には先に挨拶させるが、くれぐれも静かにしておいてくれ。ねちねちやらないでくれよ」

宮島と言うのは剛直で上を上とも思わない男のようだ。そういう男は、本当は嫌いではない。岩崎があれほど言うのなら黙っていようと嘉一郎は、その時は思った。


宮島は学生服の様な詰襟の服で現れた。髪の毛を短く切って、度がわずかにきつい眼鏡を掛けていた。最初は挨拶と自己紹介、名刺交換で始まったが、嘉一郎は持ち前の好奇心と若い男が偉そうに黙っていろとは何事かと思い始め、質問の形で切り出した。宮島との年の差は親と子ほど違う。

「工場へ行けば工場長とか職工長、いろいろ現場の長がいる。仕事を始める前に、その連中に話を聞くのが普通だが、それはやるんだろうな」

宮島はじっと岩崎の方を見た。黙らせると約束したではないかと言う顔だ。約束を守らないなら帰るぞと目で言った。岩崎は動揺して嘉一郎のほうを見るが、嘉一郎は平然たるものだ。

「どうなんだ。別に経営の秘策を述べよとか、これからの計画を具体的に言えと言っているわけじゃない」

「工場長の話？ 職工長の話？ 聞きませんよ。彼らは本当の事を言いませんからね。彼らは綺麗ごとと上が喜びそうな事を言うのですよ。まさか根津さん、彼らの声に合わせて施策を打てと言うのじゃないでしょうね」

さも馬鹿にしたように言う。内容はともかくその言い方に頭に来た。嘉一郎は面白い男で、喧嘩をしたり興奮したりすると、相手の目の高さで本気で物を言った。

「じゃあ、お前は誰の声で経営するんだ」

「一番下の声ですよ」

「一番下？」

「職工とか女工とかですよ」

「そういう連中が上に話すのか？」

「それはやり方次第ですね。企業の本当の姿は彼らの声の中にあります」

ますます聞きたくなったので岩崎の止めろと言う表情を無視して続けた。

「日清紡績の中は必ずしもお前を歓迎しているばかりではない。悪質な妨害行為があったらどうするんだ」

「具体的に言って下さい」

「例えば機械を故障させて動かなくするとかだ」

「それは私には通用しませんね」

「どうしてだ」

「私は紡績の機械はすべて自分で修理できますから」

嘉一郎は同じような話をどこかで聞いたと思い出した。そう言えば正田貞一郎も同じことを言っていたと。

「すべてか」

「はい」

「機械工学か何かやっていたのか」

「いいえ。独学です」

次第に宮島の沸点が近づいてきた。宮島は癇癪もちで、怒ればステッキを叩き割る力があり、身に危険があると感じた時は仕込み杖を持って歩く。岩崎は帰りますと宮島が突然言い出すのを恐れた。

「根津。もうそれくらいにしろ。宮島に任せると決めたじゃないか」

それから三か月。最初の報告会があった。大株主だけが集まった。そこで報告されたことは驚くべきことだった。営業黒字になっていたのである。大株主の大半は、宮島は工場の連中に騙されているのだろうと鼻で笑っていたが、嘉一郎は岩崎と共に衝撃を受けていた。宮島の言っている事に嘘は無いとわかっていたからである。

（凄い奴だ。こいつは本物だ）

宮島は気の利いた事は言わないいし、普段は黙っている。理屈があっていると言えば、どんな難しい事でも文句を言わない。しかし、理に合わず上の言っている事がおかしいと思えば、どんなに説得しても脅しても言う事は聞かない。それは正田も同じなのだが、正田はお殿様だから喧嘩腰には言わない。

「根津さん、岩崎さん、少しよろしいか」

珍しく宮島のほうから言って来た。会議室に通して二人で話を聞いた。宮島が独立不羈（ふき）の男なのはわかって来た。その男が相談があると来るのだから、一人では解決できないか、大きな会議では言えない事があるのだろう。

「改まって何だ。最初の三か月についてはうまく行ったじゃないか」

岩崎が口を切って根津がいらざる事を言わないように誘導した。

「日比谷商店は当社の大株主です。そうですね」

「そうだ」

「はっきり申し上げて、当社は日比谷商店に食い物にされていると言っても過言ではありません」

宮島は大株主の前で言わなかった悪質な話を実例を挙げて言った。いかに食い物にされているかの実態をさらした。

「日比谷商店は当社に金を貸しています。銀行も驚くほどの高金利で。その担保を差し出すために倉庫を買いました。どこからだと思いますか。日比谷商店からですよ」

細かいが日々利益を抜き取られる実態話が続いた。

ついに嘉一郎が立ち上がった。

「おのれ！」

嘉一郎は興奮した。自分が昔見てきた光景そのものではないか。

「そう言う時は、社内で賄賂を取っている者がいるぞ」

「全部追放しました。ただし大きく食い物にされている例は、これから退治します。そうすると株主の間で私の悪口とか色々出て来るでしょう。日比谷商店に味方をする者も出るかもしれない」

「壮士も出て来るか」

「出て来るでしょうね。賄賂がだめなら脅迫が次の手段ですから」

事も無げに言う宮島に嘉一郎は唸るしかなかった。嘉一郎も何度もそういう目にあわされているから別段恐ろしいとは思わなかったが、それでも気力を充実しなければやっていけない、しんどい時もあった。目の前の宮島は見る限り何とも思っていないようだった。

「なかの事は何とかします。緩み切って賄賂を取っている連中は追い出しましたし、私に反抗する輩は役員と部長に昇格させて味方にしました。だから何の問題もありません」

「どうしろと言うんだ」

「日比谷商店の株をお二人で買い取ってしまえばどうです」

「おお。そう言うことか」

「根元を絶てば改革はやりやすくなります。半年も経たないうちに黒字が常態化する会社になるでしょう」

無論、そこまで過激な事は根津も岩崎もしなかったようだが、干渉、妨害を受ける前に日比谷商店の横暴は消し去られた。

次の三か月後に宮島はますます黒字化が続いていると報告した。あとは不良債権を少しずつ減らしていくだけになった。そうすると、また、嘉一郎がうるさく絡みだした。黙っていられないようだ。宮島は干渉されるのを激しく嫌う。まして業績は順調で中国進出も見えていた。


「あなたは私を社長にした時、うるさく干渉しないと岩崎さんの前で言ったでしょう」

「そんな事は言った覚えがない」

「ほう。食言するんですか」

「何が食言だ。言った覚えがないからそう言っただけじゃないか。それに大株主が提案一つも出来ないのか」

「あなたは自分の置かれている立場が分かっていない。あなたは何社傘下に収めているのです？」

「数えたことは無い」

「私の知る限り三十社以下ではないでしょう。そういう人がねちねちと傘下の企業の社長の神経をかき乱すんですか。あなたは言いたい事を言って気持ちがいいかもしれないが、言われた社長はあなたのことを忖度(そんたく)するようになる。それがまわりまわって会社をだめにしているとわかりませんか」

そう言って全く言うことを聞かないし無視するので取り付く島もない。

ある日、嘉一郎にまた呼ばれた。

宮島を日清紡績の社長にしたのは一九一九年(大正八年)で、その頃には正田は四ヶ月と言う海外視察を終えて十分な日が経ち自信満々、将来の戦略を立てていた。欧米を参考にしながらも、日本独自の取り組みをするという大戦略である。日清製粉の長期発展の基はこの頃出来たと言われている。

「宮島。日清製粉の正田を知っているか」

「知っています」

「彼の経営をどう見る」

「見事な物です」

「どう見事だ?」

「紡績会社もそうですが、一般的に綿の値段を気にかけて、会社の収益の根幹はそこにあると思いがちです。製粉の会社も一般的には小麦の相場をどう取るかばかり考えてしまいます。そうではないのです。会社の収益の根幹は、工場の中にあります。正田さんとは親しく付き合ったわけではありませんが、それがわかっています」

嘉一郎はほれぼれと聞いていた。

（美しい音色のようなものだ。もっと聞いていたくなるな。宮島はやっぱり大したものだ）

「お前なあ。正田の所の監査役になれ。正田はお前の所の監査役になっているのだから」

「わかりました。拝命します」

いつもはずけずけ言うのに全く抵抗しなかった。正田とはより近づきたいと思っていたに違いないし、嘉一郎の狙いもそれだった。

とにかく真面目だと後に宮島が弔辞で述べたように、正田は仕事に関してまじめで疎かにしない男だから、月に一回の役員会には定刻より早く現れて懸命に役員の話を聞き真摯な意見を言った。正田は時間にうるさく、自分にもうるさいだけでなく、部下にもそれを見習わせる。醤油醸造の会社では一番早く起きて咳払いで部下を起こしていた。一方、宮島の方も時間にうるさく、後に吉田茂総理に指名されて日本銀行の政策委員になった時も、時間前には必ず現れた。ある時、日銀総裁の一萬田尚登（いちまだひさと）が遅れてやって来た。宮島はその態度に激怒して、退席しようとして大騒ぎになった。

日銀では政策会議が終わると昼食がでる。豪華な料理だった。世間では敗戦から立ち直るために食うや食わずで働いている。宮島は権威主義が大嫌いで、そのような仲間とみなされることも嫌う。宮島はアルミ缶の弁当を持って現れ、それを食った。日銀総裁の一萬田は辟易（へきえき）し日清紡の桜田武を呼んだ。桜田は宮島が抜擢した若い後継者で、宮島命で生きている。一萬田は桜田にアルミ缶の弁当の話をして、何とかしてくれないかと頼んだと言う。それでアルミ缶の弁当を持って来なくなったと言う話は聞かないから桜田が言わなかったのだろう。宮島は、戦後、名誉も要らず金も要らないと言う生活を続けている。日銀の一萬田を嫌っていたから、その権威主義に面当てをしたと考えるべきである。

五十年の間に正田と飯を食った事が数回しかないと宮島が言うのだから、役員会が終わればそれで別れたのだろうが、それでも相手の会社には通暁するし経営哲学とでもいうようなことにはお互いに触れる。二人は互いを尊敬しあい、認め合っていた。

ついでに言うと、宮島はずけずけ直言するが、嘉一郎に対して生涯、報恩と感謝の念を持っていた。若い三十代の自分を信頼し日清紡の経営を任せてくれたからである。同じ感情を、嘉一郎を説得してくれた岩崎にも持っていた。

第二次大戦後、岩崎が倒れ明日をも知れない状態になった。聞きつけた宮島は弟分のアサヒビール社長の山本為三郎を連れて見舞いに行った。病室に入る前に宮島は畳の縁に両手をつき深々とお辞儀をした。そして

「宮島が見舞いに参りました」

と言った。傍にいた山本は、驚いて同じように手をつきながら、この人には敵わないと思ったと言う。

日本製粉との合併話

明治四十年（一九〇七年）日清製粉は、館林製粉と合併したが、資本金は百六十万円だった。それが急成長して今や千八百万円を超える業界一位の製粉会社になった。

一方、岩崎清七は明治四十三年（一九一〇年）高齢に達した父から日本製粉の監査役を引き継いだ。日本製粉は業界大手の一つで名は通っていたが上層部の統治能力は低く内紛が多

い会社だった。そこで前山久吉という暴れ者が出て、日本製粉の業績が他社に比べて上がらないのは現役員陣が無能だからでこれを代えるべきだと主張し始めた。前山は明治製粉を起こした一人であるし、日本製粉の大株主でもあったから、監査役として岩崎は会って話を聞いた。前山は株主権を行使し社内に革命を起こすと宣言した。臨時株主総会を開いて現重役の解任を請求すると言う。岩崎は、そんな事には同調できないから、君が株主権を行使するなら断固戦うと言って物別れに終わった。

この経緯は当然、重役陣の一番上である境専務に伝えた。境が断固戦うと言えば臨時株主総会を開いて勝ったに違いないが、業績が悪い上に役員陣の非協力にも嫌気がさしている境は決意表明をしなかった。

「岩崎さん。前山がどう言ったかは関係なく、私はここ何年かの業績悪化に疲れ切っている。代わりたいと言う人がいるならよい機会だ。私は辞任する」

「境さん。あなたは何を言っているのです。私がもう一度会って前山を説得しますよ。一片の臨時株主総会要求に経営を投げ出すことがありますか。辞意を撤回してください」

社内及び社外では温厚篤実な紳士と呼ばれている境は、戦闘意欲なく専務の地位を投げ出し、他の重役陣も一緒に辞任した。岩崎はあきれてしまったが、間に人が入って前山が専務になって事が収まってしまった。

こんな話は聞いた事がないと岩崎は思った。入って来た経緯もその後も気に入らなかったため、監査役と言う立場上もあって前山を苦い思いで岩崎は監視していた。重役の入れ替えは一緒に辞めた人間は除いてそれほどなかった。この時、明治四十五年十二月（一九一二年）前山が専務に就任したが、以降、業績が悪く事態が悪化するばかりである。前山は減配を主張した。岩崎は怒り心頭に発し、監査役として前山の所へ行き考え方を正した。

「君は境氏をはじめに旧政権を責めて、俺が専務になれば業績を改善できると言った。それが何か！減配を主張するのか」

「これほど業績が酷いとはわからなかった」

「君は専務になってから、何か新しい政策を打ち出したのか。君の周りは君の息を窺う役員で固めているばかりではないか」

「そんな事はない」

「とにかく減配を主張するなら、辞表を出してからするべきだ。君は君がやれば業績が良くなると言って登場したのだからな」

減配は止まったが、業績は回復しなかった。前山は傲慢で配慮が足りないため、三井物産や大手商社との関係が悪化した。大手商社は情報の入手先でもあり穀物取引に隠然たる影響力があった。ここと関係が悪化すると、いざと言う時非常にややこしい事が起きるのである。

前山の数年間は業績は良くならなかったが、決定的なことにはならなかった。ただし、前山派と称する社内派閥が出来ていた。元々、社内統治が十分でない日本製粉は内紛の種を拡大していった。他社は業績好調で歓声を上げている時に、日本製粉だけが業績は芳しくなかった。

それでも大正八年(一九一九年)の夏くらいまでは表面上は平穏だった。突然、社内の組合組織から五割増の賃金要求が出された。製粉業は小麦の仕入れに神経をすり減らすほど気を使い、一瞬の油断が損益に大きく影響することを見て取っていた前山は、専務でいることが何ほどの富も、もたらさないことに失望していた。役員会の席上突然、辞意を表明した。つるんでいた役員達は、辞意を撤回するように要求した。

(この男は、いったい何のために会社に入り込んで来たのか。構想もなく何らかの新しい手を打つのでもなく、嫌気がさして逃げるのか)

侮蔑の思いで前山を見ていた岩崎は、彼を追い出す機会と見てこう言った。

「こんな事は冗談では出来る事ではないから、辞表はいったん、私が預かろう。さらに組合の五割増しの賃金要求は法外であるから、私が組合と話し合ってみよう」

そう言って辞表を懐に入れてしまった。既成事実を作ったのである。

組合の代表の所へ行くと五割などと言うのは前山を追い出すための要求であって、そんなことが実現できるとは思っていない。ともかく無能な前山を追い出してくれるなら、五割増は撤回するとのことだった。前山がこれ以上居座るなら会社は倒産してしまう、何とかしてくれと言うことだった。

岩崎は組合の本音に驚き事態はここまで進んでいるのかと思った。岩崎は宮島が経営する日清紡績の監査役を今でも務めている。日清紡を監査役として見ていて、宮島の打つ手は、見事と言うほかなく組合も心服している。紡績も綿の相場を張ることが大切だが、宮島は一度も切迫した様子を見せなかった。

むしろ、材料の手当ては大事だが、経営の本質は、そこではないと言ったりした。

それが日本製粉は、前山を追い出さなければ会社が倒産すると思っているとは。

岩崎は取って返して翌日早朝、前山の自宅を訪ねた。

「君は辞意を表明したが、役員達の反応を確かめて結束を図るためかね。それとも本音かね」

「本音だよ。ここ何年か糖尿の持病が悪化して、医者からも激務は無理だと言われている」

「組合の代表何人かと会って来たが、彼らは君が退任するなら五割要求は引込めても良いと言っている」

「それは結構なことだ。岩崎君、後をやってくれんかね。それと私の持ち株のことだが、辞める以上これも何とかして欲しいんだが」

「会社の株は何株持っているんだ」

「一万株だ」

「時価が百円ほどだから百万円だな。時価でよいな」

「もちろんだ」

「わかった。株の件は引き受けた。社長も引き受けよう」

岩崎は知り合いで鈴木商店の窪田と言う東京支店長に電話を掛けた。社長交代を告げ、鈴木商店で日本製粉の株を引き受けないかと誘うと、すぐさま五千株の株主になると言う。そのほか、岩崎がやるならと言うことで全部埋まってしまった。岩崎は自分の分として千株を引き受けた。

社長になったが、考えてみれば境の辞め方も尋常でなく、境を攻撃して社長になった前山も数年して社長を投げ出した。業績が回復しないことが底流にあったが、他社は第一次大戦の好景気に沸いていた。豪州で仕入れた小麦を国内に持ってくると、既に単価差があるために笑いが止まらないほど儲かっていた。岩崎が社長になって実務の報告を受けてみると、豪州からの仕入れがない。どうなっていると聞くと手当てをしていないと言う。商社からほとんど出入り禁止になっているため、外のものを仕入れてくれる商社がいなかったのだと言う。岩崎は衝撃を受けた。

さらにここ数年で三井物産との関係は拗(こじ)れに拗れ、修復不可能一歩前にまで進んでいた。前山以下の傲慢、怠慢とも言うべきものだった。値切り倒したり、苦情を必要もなくつけて値段を下げさせたり、誠実に商いを実行しなかったり、日本製粉とやると結局損をすると言う評判が商社間で立っていた。

一方、五千株の株券を持った鈴木商店が積極的に前に出て来た。鈴木商店の実質的な経営者は金子直吉で、積極的で豪快な金子が、日本製粉との関係強化のチャンスを見逃すはずもなかった。鈴木商店と付き合いが深まるほど、三井他の財閥系商社は今まで以上に日本製粉から手を引き始めた。彼らは金子を横紙破りと見ていたからである。金子の後ろには台湾銀行がいて、台湾銀行―鈴木商店―日本製粉と言う流れになった。

岩崎は苦慮した。まず有能な人間を側において、専務として実務を捌いてもらわなければならなかった。岩崎は、前山時代に冷や飯を食わされて会社を飛び出し東洋製粉を作った高木を呼び出した。東洋製粉は高木の手腕もあって大成功を収めていた。岩崎が戻って日本製粉を立て直してくれないかと頼むと、岩崎さんとならと言って賛成した。そして東洋製粉を倍額増資して、日本製粉と合併させると言う離れ業を見せた。

岩崎は日本製粉の株主に五割の無償増資で報いたから、日本製粉の株主も喜び合併に反対しなかった。戻って日本製粉専務になった高木は活躍し始めた。顧客の信用、特に三井物産他の信用も回復して、それなりの大きな注文も出始め、良い人を入れたと皆が言い始めた頃、第一次大戦後の好況が崩れ始めた。

それは昭和金融恐慌（一九二七年三月、昭和二年三月）へと続く長い大不況の始まりだった。もう少し時間があれば、日本製粉も立ち直りの期間があってうまく行ったかもしれないが、体力のない日本製粉は不況の時期は難しいかじ取りになった。三井物産との商いは回復しつつあった時期、鈴木商店が大里製粉を買わないかと攻勢を掛けてきた。その言葉に乗って岩崎は鈴木商店から大里製粉を買い取りその原材料を手にしたが、買い取り額は一千万円を超えていた。三井物産の取引に取って代わった鈴木商店は、それからも攻勢を掛けて来る。日本製粉の支払いは手形で受け、売り上げも手形で受ける形になり、事実上、手形の交換になった。日本製粉の手形の総額は二千万円近くになり、これを日割りにすると一日で三十万円とか毎日期日が来る。一つでも落とさなかったら不渡りになる。高木は手帳にみっしりと手形の期日を書き込んでいて何が起こるかわからないので東京を離れられなくなった。

岩崎は不安でならなくなった。景気は停滞し売り上げは落ちていく。いかに手形の期日を手帳に書いていても、そんな物はどうにもならなくなる時が来る。自分でそうならなくても連鎖倒産が来る。鈴木商店の金子だけは昔と変わらなかった。強気で押していけばよいと言い続けている。

岩崎は嘉一郎を訪ねた。この苦境を救ってくれるのは、嘉一郎しかいないと思ったからだ。嘉一郎も岩崎も忙しいからめったに会えない。岩崎にしても日本製粉だけをやっているわけではない。東京瓦斯(ガス)他の社長も兼任している。

「どうした。急ぎの用と聞いたが」

「相当急ぐ」

「どうした」

「お前の傘下に日清製粉があったろう」

「ああ。そうは言っても日清製粉は俺の傘下ではない。俺は株を持ってはいるが微々たるものだ。あの会社は正田が事実上、差配している」

「そうか。その正田と話がしたい。日本製粉と日清製粉の対等合併を協議したいと」

「お前は正田を知っているだろう。なぜ直接行かない?」

「普通の挨拶ならいくさ。正田をお前に紹介したのは俺だからな。しかし今度の合併が出来ればシェア七割から八割の会社が出来上がる。過当競争も値引き販売もなくなるだろう。業界全体にとっても悪くない話だ。こういう話は紹介者が大切だ」

「ふーん」

根津は合併論者で、彼の富は多くは合併を契機に出来てきた。合併した会社に人を得れば新しい会社は富を生産し続ける。そう思っている。やって来たのが岩崎であったから承諾して返し、貞一郎に用件を伝えた。

貞一郎はこの頃、国内各地に工場を建設し、長年の夢であった臨海の鶴見工場を考えていた。舘林で引き込み線を引いたように、海に面した鶴見で巨大な工場を作り港に着いた船から直接内地に運ぶようにするのである。国内を収め、やがて海外へも兵站を拡充する。貞一郎の夢は海外の初出張で得た戦略を実現する所まで来ていた。海外では大きな製粉会社は皆港の側に巨大な工場を持っていた。

貞一郎は嘉一郎から連絡を受けて岩崎に会い、双方の実務者を割り当てて合併準備委員会の様なものを作った。何度も打ち合わせをして必要な意思決定の会議には、貞一郎も岩崎も参加した。双方の資産実態を調べて合併条件を出さなければならない。合併すれば誰が社長になるかが大事だが、岩崎は全くこだわらず、貞一郎が社長でよいと言う。舘林製粉と日清製粉の時と似ていた。日清製粉と日本製粉は対等の合併と言うのが建前だが、形式は吸収合併の形になると思われた。岩崎は合併に持ち込めれば、それでよいと思っていた。合併準備委員会は静かに秘密裏に行われた。そして合併の仮調印がなされた。

よほどの事がない限り合併が実現すると言うことであるが、知らされていない特別な事実が出て来ると壊れる可能性もあった。合併の仮調印は世間に発表され好感を持たれた。特に日本製粉は、世間の評価が一段と上がった。合併するのだからすべての負債は日清製粉が引き継ぐことになるからである。

貞一郎は順調に進む合併準備委員会と仮調印に内心の不安を隠せなくなった。舘林製粉と日清製粉の時も合併そのものはうまく行ったが、社長として日清製粉へ行くと経営どころではなくなった。それに折からの業績不調で株主の解任動議まで出た。どうしようもなくなって嘉一郎に助けてもらった。今度はそうは行かない。会社の規模が違うからだ。

貞一郎は、その時、監査役として出席していた宮島を会議の後、呼んで内心の不安を話した。

「今回の件をどう思う」

宮島は貞一郎の九歳年下だが、長い間の付き合いで俺、お前の間柄になっていた。

「監査役として聞いているのか」

「監査役とお前の意見が違うのか」

「監査役は当該案件について、注意する事はこの合併準備が正しく運営され、この結論に至ったかと言うことを見る。そして違法性がないかどうかもみる」

「監査役の意見など聞いていない。お前の意見を聞いている。お前ならどうするかと言うことだ」

宮島は少し考えた。そして、正直に応えようと思った。

「俺は岩崎さんに見いだされて今の立場がある。岩崎さんが困っているなら、お前の所と合併して日本製粉を楽にしてくれれば嬉しい」

「岩崎さんとの縁で言うなら俺も助けてもらった。最初の増資の時、彼の助言があったから館林製粉の増資が出来た。そんな個人の事は置け。お前ならやるか」

「俺なら最初からやらないさ」

「理由は」

「お前は日清製粉との合併の時、社内の統制がどうにもならず根津さんを頼った」

「ああ」

「日本製粉はあの時の日清製粉よりも大きいぞ」

合併後の社員統制、管理に不安があると言うのは事実だ。しかしそれがこの不安の正体ではない。貞一郎は宮島としゃべりながら整理をしていった。

「本当はそこではない。俺もわかっている」

「そうか」

「ああ」

「日本製粉は岩崎さんの前の社長の時、商社系から総スカンを食った。自分の利益しか考えなかったからね。今度は鈴木商店の金子と組んでいる。金子などと言う男は勢いだけで成功してきた男で、不景気になっても同じやり方をするだけだ。鈴木商店と日本製粉は、手形同士の決済のようになっていると言う噂だよ。もっと不景気になって鈴木商店が吹っ飛んだら日本製粉は持つのか。その時合併している日清製粉は巻き込まれないのか」

（その通りだ。これが不安の正体だった）

「あの強気の岩崎さんが、倒れ込む様にしてお前の所に来た。対等合併と言うが吸収合併だろう。誇り高い岩崎さんがなぜそんな事をする？」

貞一郎は考え込んだ。

「紹介してくれた根津さんには恥をかかせることになるな」

「それはそうだ。しかし事情を正直に話せば、根津さんはわかってくれる」

「日本製粉はどうなる？」

宮島は黙っていた。説明の必要さえない。世間に期待を持たせた分だけ、その反動も大きい。波間に漂う小舟のような日本製粉は持たないだろう。しかし、これは日清製粉のせいではない。

「根津さんの所へ行け。早ければ早いほど良いぞ」

貞一郎は覚悟を決めて嘉一郎の所へ行った。もう少し立てば、鶴見の大工場も完成する。鶴見の工場は海浜の工場で規模もアジアで一番である。自分の構想が実現し、日清製粉は全く違う会社になるはずだった。築き上げてきた信用と社員の幸せを日本製粉との合併で壊すわけには行かない。

「何だ?急に来て。定期的な報告ではないな」

「はい。岩崎さんの日本製粉との合併について」

「仮契約に調印したと岩崎は喜んでいたが」

「どうしても納得がいかないので申し訳ありませんが、正式調印をしないことにしました」

「岩崎は梯子を外されて持たないな」

「はい」

「その理由は」

「約定すれば引きずり込まれてわが社も危ないからです」

「うーむ」

「日本製粉は、元々、前代の社長の傲慢、自分だけが儲かれば良いと言うやり方で、商社等から孤立しました。岩崎さんになって変わって来たと言っても、日本製粉だけとは付き合わないと言う商社もまだいます。そこへ鈴木商店に食い込まれました」

嘉一郎は黙っていた。岩崎の切迫度から恐らくそういうことはあると思っていたが、何とかなると思っていた。正田は近くで見て共倒れになると確信したのだろう。

「安部幸商店が倒産しました。資産何百万と言われた老舗があっという間に倒産です。根津さんに説明するのも気が引けますが、大型の驚くような倒産がいつ起こっても不思議ではないと言われています」

「うむ」

「岩崎さんは三井物産から結局相手にされず、というか鈴木商店を主な取引先にしたため、三井物産は完全に袂(たもと)を分かちました。鈴木商店の金子は業界の嫌われ者です。金子は手持ちの大里製粉を岩崎さんに売りました。あの売り値であれば岩崎さんが儲かることはないと思います。金子が日本製粉と共存共栄しようと言うことはありません。両社の商いはどんどん膨らんで今や手形決済が膨大なものになっています。売り上げを手形で受け取り支払いを手形で払う。そういう決済です。根津さん。鈴木商店が倒産すれば日本製粉は持ちませんよ。負債総額は想像を超えるものになるでしょう。わが社を私は守らなければなりません」

嘉一郎は黙っていた。貞一郎は理詰めの男で、こういう発言は必ず裏付けを取ってからやる。貞一郎が切迫していると言う以上そうなのだ。

「私は岩崎さんに紹介されて根津さんの所へ来ました。日清製粉の成功は岩崎さんに道を開いてもらったと言っても良いでしょう。しかし、合併は出来ません」

「監査役の宮島はどう言っている」

「私と同じです。一刻も早く手を切れと」

「宮島もそう言ったのか」

「自分が今日あるのは岩崎さんが根津さんを説得してくれたおかげだ。しかし、日清製粉がつぶれるのを見ていられないと」

宮島と正田は嘉一郎の両翼で、嘉一郎の二人に対する信頼は絶大なものがあった。嘉一郎は年を取ったことはまわりには感じさせなかったが、それでも幼い息子を見るにつけ、いざと言う時、二人に託す他はないと感じていた。岩崎は義侠心が厚く、人の手助けをしたい男である。今回の日本製粉の件も前山元専務のでたらめを見て、俺が何とかしてやると出て来たに違いない。それが結果として鈴木商店と行動を共にして彼らと一蓮托生になった。

「わかった。お前の好きなようにしろ」

嘉一郎から許しをもらった貞一郎は、取って返して交渉打ち切り、本契約に進まない事を日本製粉に伝えた。

契約の条項の中に不適格なものがあった。と資料は伝えるが、それが何かについては言及されなかった。

突然交渉打ち切りを伝えられた日本製粉の方はひたすら驚き、慌て騒いだ。自分たちの生き残りの唯一の希望が目の前から消えたのだ。岩崎清七の自叙伝めいたものを読んでも何も書かれていない。交渉が突然打ち切られたと書いてあるだけだ。

日本製粉が危ないと言う声が大きくなった。日清製粉ですら見捨てるのだからと言う説明がついた。日本製粉の高木専務は、手形の満期を見ながら薄氷の思いで資金繰りをやりくりしていた。もう限界に近いと悲鳴を岩崎に上げだした。ある日、手形が落ちなかったと言う知らせが来るかもしれないし、鈴木商店が先に倒産して日本製粉が連鎖倒産するかもしれない。事態は切迫していた。

(こうなったら政府に助けを求めるしかない。鈴木商店と日本製粉が倒れたら恐慌が来る。それは政府の望む所ではないはずだ)

岩崎は大阪商工会議所の会頭稲畑勝太郎(いなばたかつたろう)を動かし、事態の急な事を大蔵大臣・片岡直温(なおはる)に伝えた。片岡は大阪出身の実業家上がりだから、日本製粉が倒れればどう言う混乱が起きるかは想像できた。一方で鈴木商店の金子は東京商工会議所の藤田謙一と同行して片岡を訪問し、日本製粉を政府が救うべきと訴えた。

片岡は大阪からも話が上がっていたから、すぐさま賛成し政府が救うことは賛成だが、所管が商工大臣だから、彼の了承もとっておかなければ省議は通らないとも言った。それを聞いた岩崎は自ら商工大臣を訪ねたが、あいにく出張中で次官と政務次官に面会した。岩崎は事態の急を伝えるだけでなく、もし日本製粉が倒れれば手形の残高は二千万円で、これを割り引いている銀行は全国にあって混乱は計り知れないと訴えた。

政府は岩崎の意見を諒として事態収拾へ向けて動き出した。日本製粉への緊急融資八百万円を決定した。その間、秘密裏に行われるはずだったが新聞にすっぱ抜かれた。岩崎は新聞で政府の最終決定を知ることになった。

新聞に出る前、岩崎は何度も井上準之助蔵相に呼ばれた。

「岩崎君、投げ出しちゃいかんぞ。これは日本製粉だけの問題ではないから必ず助ける。いいかね。投げ出しちゃいかん」

投げ出すなと言うが、やることはすべてやって手形を落とすために神経をすり減らす毎日だった。政府の八百万円の緊急融資が発表された時も、それが本当に会社の中に来るまでは時間が掛かる。岩崎は鈴木商店の金子と共に一室に詰めた。その期間がどんどん短縮されて行く。日々のものから数時間、一時間、三十分になった。二人はトイレにも行けない。金子は藪睨み気味の目をそここに散らしながら悠然としていた。

(この人はどういう人なのだろう。この三十分で手形が落ちなかったら倒産が決まってしまうのに)

井上準之助が言うように早まって政府の金が入る前に倒産すると言う光景になる。政府の金が入る前日、三井物産への手形三十万円の金がない。担当者は三井物産の担当者に電話して延期を要請するが、けんもほろろで聞く耳を持たない。このままでは手形交換所へまわされ日本製粉の破産が確定してしまう。あと三十分しか時間がなかった。

もう駄目だと天を仰いだ時、金子が大声を出した。

「三井物産の安川雄之助に電話しろ」

三井物産の安川は筆頭常務でカミソリ安と呼ばれていた。部下が安川の直通に掛けた。誰も出なかったが出るまで鳴らし続けるとやっと本人が出た。あわてて岩崎が電話をひったくる。

「岩崎だ」

「安川だ」

「今日の手形の決済は延期してくれないか」

「手形と言うのは期日に払うものだ。金がなければ流れるのも仕方があるまい。誰のせいでもない」

「あんた。新聞のニュースは見ただろう?政府から金が入って来るのはもうすぐだ。待ってもらえば必ず支払う」

「もう手形は交換所へまわしたぞ。政府の金が入る前に不渡りになるなら仕方がないことだ。諦めるしかないな」

「政府が救済を発表して全国の金融機関への波及を防ごうとしている時に、三井物産がそれを阻むと言うのなら好きにしろ。すべての悪評は三井物産が受けるんだな。井上準之助さんにもお前がすべてを潰したと言っておく」

「……政府の支援は確実なんだな。手形の金は十日後に金を払うんだな」

「諸手続きがあるから一月後だ」

「手形は取り戻しておく。しかし延期は今回限りだ。一月後に延期をしてくれと言ってもやらない。電話にも出ないからな」

電話が切れた時、詰めていた全員が安堵(あんど)のため息を漏らした。

岩崎は小康を得た後、辞任を申し出た。しばらくの安泰を得たとはいえ、政府の支援を仰いだ上で社長を続けることは出来ない。彼は辞任し、財産をほとんど差し出した。

鈴木商店の金子は一筋縄では行かなかった。政府関係の人間が訪ねて来て、この八百万で安定できるかと言った時、手形は日本製粉から見て八百万だが当方から見ても八百万だ。経済の安定を図るためにはこちらにも八百万の援助をお願いしたいと言ってのけた。政府は説得され合計千六百万円の援助を発令した。

岩崎は資産のほとんどを失い裸で放り出されたが、東京瓦斯（ガス）の社長をやっていた。そこでも疑獄事件が起き、逮捕されて牢獄に入った。事件は検察のでっち上げでやがて解放されるのだが、社会的な信用は傷つけられた。満身創痍（まんしんそうい）である。

しかし、岩崎はめげなかった。不撓不屈（ふとうふくつ）。彼は再度、立ち上がって一連の騒動の前に起業していた磐城セメントをさらに発展させた。後年、住友大阪セメントになる会社である。見事な立ち居振る舞いであった。

鶴見工場の火災

昭和六年（一九三一年）五月二十二日午前十一時と記録にある。突然の爆発で炎に包まれた日清製粉鶴見工場は、見る間に火炎が広がってほとんどすべてを焼き尽くした。鶴見工場は貞一郎が心血を尽くして作った東洋一とも言える工場で、全会社能力の半分を占めた。知らせを聞いた貞一郎は驚愕した。自動車を走らせ鶴見に向かった。雨が降っていた。雨が降っているから鎮火は容易で何とかなるのではと祈っていたが、機械装置のほとんどが焼き尽くされ余燼（よじん）は消えていなかった。残っている社員を指揮して消火活動に当たらせ忙しく働いていたが、死者十数名、負傷者も同じと聞いて言葉を失った。

すぐさま社員に指揮を任せて病院へ行った。

貞一郎は「信を以て万事の本（もと）となす」と常に言った。社員は、彼の本（もと）であった。病院に入った貞一郎は凄惨な光景に胸を掻きむしられ、遺族と共に泣いた。寄り添い、泣くしか方法がなかった。

ぽんと肩を叩かれた。振り返ると宮島がいた。

「部下を連れて消火の手伝いに来た」

それ以上は何も言わなかったが、貞一郎は宮島の気持ちがわかった。自分がもっともつらい時に宮島が現れた。

(宮島は、こういう男だ)

付き合って何十年になるが、この時の事もあって宮島への信頼は不動のものになった。

第四章
山本為三郎

父から製瓶会社を引き継ぐ

幕末から明治にかけて山本家の初代を新兵衛と言い、二代目を新助と言った。新助の女房をクラと言った。初代によって油商人として手広く商いをして資産も拡大していたが、趣味人としての生活も一方ならぬところがあり、朝、昼、晩の食事は贅を極めた。二代目の新助は親父の悪いところだけを引き継ぎ、初代を上回る放蕩者で若旦那と呼ばれて花柳界へ出た。この種の遊びは金が続く限りやめられないし、花柳界も放っておかない。蕩尽は娘にも及んで三味線、太鼓、鼓、踊りと稽古をさせた。最後は道頓堀の芝居小屋を借り切り名披露目の会を催した。集まった親戚、友人等にお札を蒔いた。新助は遊びつくした挙句に脳卒中で倒れ、その場で死んだ。あとに若い未亡人のクラと二人の娘が残された。

クラは新助に代わって家を支える立場に立ったが、調べてみても財産と言うべきものはほとんど残っていなかった。その内、金を貸したから返してくれと言う人間が現れた。それも一人や二人ではなく、クラは追い詰められた。クラは自分の亭主とは言え、新助がこれほどの道楽者だったと初めて知った。親父の新兵衛も道楽者でクラは息子の嫁として何度も泣かされたが、新兵衛は仕事はしていた。家を壊すようなことはしなかった。わが亭主は、家の財産すべてを蕩尽させてしまった。そのことが、追い詰められたクラの女傑の血を呼び覚ました。

「クニ、ヨネ。家を移るで。はよ準備しい」

幼い二人の手を引いて船場の中の小ぶりの家に移った。家にいた従業員もほとんど解雇した。身軽にならなければ再出発は難しい。金を食う、人と物を捨てて船場の小さな屋敷に籠って、世に出る機会をじっと窺っていた。油商人をやる気は無かった。

（油を売る時代は終わっとるねん。それやない。なんやろ）

考えているだけでなく歩き回った。歩き回っても新しい考えが出るはずもないから、クラは最初からぼんやりとした考えがあったに違いない。それは運送業を開くと言うことだった。

クラは数少なく残った番頭の一人を呼んだ。

「世の中、変わって来たさかいな。物の動きが前よりも盛んになる。そう思わへんか」

「へえ。それはそうですな。そやけど物の動きが盛んになったらどうなりますのん？」

「荷車をこうて百台ほど並べたらどうなると思う」

「百台言うたら、おおけな台数やから場所がいりますなあ」

「場所の目途は立ってある」

「へえ。それはまあ」

「荷車買う言うたかて一台一台は高いやろ。荷物は運びたい、そやけど荷車買うのは高い。そこでうちの出番や。一日、これだけで貸しまっせ言うてな、その値段が安かったら買うのやめて借りよかとならへんか」

「へえ。それはあり得ますなあ」

「そやからまず大事なのは荷車を揃えるこっちゃ。あそこにはいつ行ってもあるから借りられると思わしとかな、急ぎの客がこえへんやろ」

「へえ。誰も考えたことがないですな」

「おもろいやろ」

「へえ」

「幸いなことに荷車百台仕入れる金はまだ残ってある。これで勝負を賭けたる」

「女将さん。考えはよろしけど、ここに荷車があると誰が知らせるんですか」

「番頭はん。他人(ひと)事にきいとったらあかんがな。あんたとわてでやりますのや。あんたは紙に書いてな。これまでの取引先に配りなはれ。わても必要なら行きます。新しい商売を始めましたと言うんや。最初さえうまく行けば、後はほっといても客が来る」

そしてやがてほっておいても客が来た。今でいうレンタルを始めたのだが、初めてのことだから値段の設定から始まって、貸して返すまでの過程で色々な事が起きる。その様々な出来事の解決をクラは一つ一つ捌(さば)いた。やがてさらなる口コミが広がり荷車は数百台となった。金が流れ込んできたわけだが、クラは贅沢をせず分限を守った。

クラには二人の娘しかおらず家を守るには娘の一人を結婚させて婿を養子にするしかない。娘が大きくなるにつれてクラはその事を考えた。志の高い若者で道楽をせず懸命に働く婿である。親戚に話を通して候補を物色していると、弟が養子に入った上島商会と言う製瓶(せいびん)会社の若者が非常に一生懸命働くとわかった。クラは事情を話し、その男と会いたいから家に来るように頼んだ。男の名前は為蔵と言った。

「為蔵はん」

「へえ」

「あんた、今日の目的は聞いてますのんか」

「へえ。大筋は」

「ほうか。それやったら話が早い。あんたは瓶を作る機械にえらい興味があるちゅう話やが、それはまた何で?」

「ガラスが機械を経て瓶になるのを見るだけで吸い込まれそうになるくらいおもしろうて」

「けったいな人やな」

「へえ。それでどうやったらこの機械は出来てるんやろと研究している内にどんどんわかって来て。今は、たいていの機械は自分で修理出来ますねん」

「そやったら、あんた。うちへ来たら機械と縁のない生活をせなあかんよ。大丈夫なん」

「製瓶の機械と別れるとは限りまへん。女将さんのとこは運送の仕事と聞いてます。瓶を運送をすることはこれから増えますやろ。瓶は扱い方が難しい。乱暴に扱うと割れるしな。コツがありますねん。梱包にも。そやから瓶に慣れてることはこれから役に立ちます」

受け答えもしっかりしているし志も大きそうだ。クラは大いに気に入った。クラは二人いる娘の内、ヨネの入り婿に為蔵を選んだ。ヨネが表面上はともかくシンが強く、気も強いことを知っていたからである。為蔵ならヨネを御せると踏んだのである。

「あんた。せっかく来たんや。ご飯食べていくか」

「へえ。遠慮のう」

ご飯を食べさせながらヨネを呼んで挨拶させる。酒の飲み方もみた。酒も煙草も不調法ですと応えた為蔵をクラは益々気に入った。

こうして婿入りした為蔵はクラの下で働き始めたが、元々働き者で遊興の一つもしなかったから商売はますます盛んになった。

何年かして為蔵にとって垂涎（すいぜん）の話が来た。船場にあった徳永硝子と言う会社の社長が急死し未亡人は七人の幼子を抱えて残された会社を維持できないと言う。ガラス会社の技術者は荒くれ者が多く資本家として存在するだけではやっていけない。徳永硝子の製品を運送し信頼を得ていた為蔵に話が来た。元々、製瓶に興味があった為蔵は二つ返事で引き受けた。工場そのものと職人達と顧客網、すべてを一括で購入したのである。未亡人他子供たちは別の場所に移り、為蔵達家族が工場敷地に移り住んだ。為蔵は新しい製瓶会社を山（やま）為硝子（ためガラス）と名付けた。

それから為蔵とヨネは汗まみれで働いた。近年の、自動的に瓶が製造される時代ではない。ガラス工業は火を使いそのさじ加減で製品の良否が決まる。火の側にいつもいるため、汗まみれになり、火を見続けるために目を傷めたりする。職人の気が荒いのは一つにはそのせいだが、為蔵は率先して工場に立った。朝は一番に起きて誰よりも早く製瓶機械の前に立ち、夜は暗くなるまで仕事をした。職人たちは為蔵の姿を見て心服する。

「ええか。世の中には製品は約定して運んだらそれでおしまいと言う風潮や。うちとこの瓶はそれはやらん。お客さんに渡す時にお客さんに瓶の良否を判断してもらえ。簡単に割れたりして悪質な品が出たら全部うちのもちで引き取る。売るちゅうことはそういう事や」

大量の粗悪品が出た場合は、全部会社が持ち帰った。その評判はたちまち口伝えに船場に広がった。製瓶なら山為さんやと言う評判が。やがて明治二十六年（一八九三年）ヨネが長男を生んだ。為三郎である。元々、若い夫婦が助け合って作り上げた会社である。ヨネは晩年に至るまで会社に出て働いた。夫婦は終生仲が良かったが、一人しかいない跡継ぎのため為三郎を溺愛した。その溺愛をじっと見ていたのがクラである。金持ちのボンボンが親の溺愛を受けて何不自由なく暮らせば、家を蕩尽させると新助との苦い経験から学んだクラは、両親の溺愛を苦い表情で見て為三郎を厳しく仕込んだ。後の幅広い芸術への趣味を見抜いていたのか新助の再現を恐れた。

店を売却した徳永硝子の未亡人が、店の半分を戻して欲しいと言ってきた。子供達も大きくなって手を離れて来たからもう一度徳永硝子を復活させたいと言う。既に売却を以て店と顧客とは為蔵夫婦に帰属している。今更、半分戻して欲しいとはどういうことか。虫が良いと断っても誰も非難しなかったろうが、為蔵の応えは別だった。為蔵は徳永家の未亡人の願いを楽々と受け入れたばかりか、きっちり決めておいた方が良いと言い出して、徳永硝子は酒瓶のような大型瓶を扱い、サイダーの様な小型瓶は山為が扱うと、線引きまでして見せた。さらに職人を半分譲って、日々の営業に不足がないようにした。両家は同じ敷地に塀一つ隔てて商売を再開した。徳永の長男は為三郎と同年のため生涯の親友になった。

物心ついて話が分かる年齢になっていた為三郎に向かって、為蔵はこう言った。

「船場じゃ、競争相手はどんな事をしても叩き潰さなあかんと言う。仁義も約束もあるかいなと。それは間違っとる。同じ業界のものは助け合ったらええねん。共存共栄や。それにな。徳永の未亡人がこの店を売ってくれなかったら製瓶の会社は持てなんだ。おかげで山為の今がある。昔から言うやろ。恨みは忘れ恩は岩に刻め（きざ）や。受けた恩は何倍にもして返さなあかん。そうやろ」

為三郎は頷く。

「徳永も栄えて山為も栄える道を探したらええねん」

そう言って、時々、ヨネを呼んだ。

「なんぼ隣同士や言うても向こうは未亡人や。未亡人のとこへわしが好き勝手に行くわけにもいかん。そやからお前が向こうに行ってやな。何か困った事はないかと聞いてこい。荒くれを相手にしとるんや。悩みも多いはずや」

両家は助け合って発展し大阪では製瓶の世界では三大メーカーの二つに名を連ねた。一日の製瓶数が四万、五万となって行った。従業員数は四―五百名を数えるようになった。為蔵とヨネの懸命の働きと徳の高い清潔な生きざまが、結果として大事業になったと考えるべきであろう。為三郎は金持ちのボンボンで明るい性格だったが、両親の奮闘を見て祖母が懸念した蕩尽の道から遠のいていた。

為三郎が家業を継いだのが中学四年の十七歳の時（明治四十二年、一九〇九年）でその翌年に結婚した。父の為蔵は家督を譲っても健在で、為三郎を後見し家業には関わっていた。為三郎は進学せずに午前中は工場に行って打ち合わせをしたり印鑑を押したりしたが、午後になると出て行った。高級ホテルに入り浸って洋食を食べたりした。夕方、特製の人力車で帰って来ると屋敷前に提灯を掲げて女中や召使がずらりと並んで出迎えた。両親の溺愛はずっと続いている。典型的な金持ちのボンボンの生活だったが、為三郎が祖父の様な蕩尽の道に走らなかったのは、事業意欲が旺盛で志が高く、人より遥かに聡明だったからである。
午前中は会社、午後は様々な会合に出る。会社で関連する立志伝中の男達にも為三郎は恐れげもなく近づいた。若くて明るくて屈託がないので誰からも好かれ、爺転がしの才能も持っていた。後年、ロータリークラブの幹事になり、その献身的な奉仕で並みいる老人たちを感心させ財界のうるさ型を手玉に取った。

為三郎はずっと考えている事を実行したい。製瓶の需要はどんどん高まり、瓶をどう確保するかが大きなテーマになりつつあった。輸入麦酒の瓶を使ってそれに詰め替えるとか、回収業者から買い取ってそれを使うとかしないと瓶が回らなくなっている。ついに大阪麦酒では自前の工場を作り始めた。大阪麦酒は山為硝子(ガラス)の大口得意先で、長年の関係でもあり工場を作ったにしても今の所、需要は全く減らないが為三郎は何をやっているのだろうと思った。いつまで職人の頑張りと技術でやるつもりなのかと。聞くところではアメリカでは自動的な製瓶機械があると言う。

「お父さん」

為三郎は為蔵の所へいった。引退しても為蔵は別荘から電車に乗って毎日通勤していた。働き者のヨネも同様に工場のどこかにいた。

「何や改まって」

「この前、大阪麦酒が自前の瓶工場を作りましたやろ」

「ああ」

「聞くところによると札幌麦酒も同じような事を考えとるとか。どないしますん？」

「瓶の需要があるから言うて全部自前でやれるとは限らん。しかも麦酒会社だけやないやろ。瓶をほしがっとるのは。何にも焦ることはない。現にやなあ、大阪麦酒からの注文は落ちてーへんで」

「そやけど、向こうが全部自前でやり始めたら落ちますやろ。それに、うちに自動製瓶の機械があったら業界を席巻できたのと違いますか」

「うちには職人も含めて五百人からの社員がおる。機械化が出来たから、あんたらもうええわとは言わんのや。会社ちゅうのは」

為蔵は珍しく教訓調になった。

「それになあ。アメリカが神様みたいに言うとるが、先に自動化した製瓶会社はみんなつぶれた。なんでかわかるか。不良品の山を作って返品だらけになったからや。アメリカ信仰も考えもんや」

「お父さん。もし僕がアメリカに行って自動製瓶機械を買うてきて会社作る言うたらどうしますの」

「家の事はお前に譲っとるから、最後はお前の判断や」

その事を聞いて為三郎は勇躍してアメリカへ渡り、製瓶機械のメーカーと交渉して買い付けてきた。翌年、大正七年（一九一八年）日本製壜を立ち上げた。尼崎に工場を作り機械による製瓶を始めた。おりから大戦景気で作れば売れる状況だった。日本製壜は活況を呈し、青年実業家わずか二十五歳の為三郎は得意満面の日々になった。

第一次大戦後揺り戻しが来た。売れ行きが激減しているところへ、機械の不具合、機械操作の未熟も相まって工場は二百万本と言う返品の山になった。手形決済のために為三郎は個人財産を使って躱さなければならなくなった。遠山次郎と言う男が為三郎の腹心でいつも行動を共にしていたのだが、常に前向きで明るい為三郎がため息をついて

「遠山君。この在庫の山。どないすんねん」

と何度も言ったと言う。日本製壜の企業イメージは地に落ちていた。


陰の極を何とか乗り切ったが、低迷は続いていた。ある日、和田豊治と言う富士紡績の社長がぶらりと訪れた。為三郎の尼崎工場を見てきたと言う。和田豊治は立志伝中の人物で、渋沢栄一に続く大正の財界世話人と呼ばれていた。和田は若い為三郎を大いに可愛がっていた。為三郎が山為の後継者であることも無論知っている。為三郎は和田に私淑していて、何かあると相談に行っていた。爺転（じじころ）がしの片鱗を見せていたのである。

「尼崎の工場を見たが、なぜあれほど小さくしたのか」

褒められると思っていたので小さいと言われてびっくりした。あれでも十分に大きいと思っていたのだ。為三郎は九州人の和田には関西弁は使わない。標準語で話した。

「十分に大きいつもりでおりました」

「あれは君。帝国鉱泉向けが主力なのだろう?」

和田は帝国鉱泉にも関わっていて、その関係で為三郎とも知り合うようになった。

「そうです」

「君が三ツ矢サイダー推しなのはわかるけどな。どれくらい頑張ったからと言って所詮、清涼飲料水だ。麦酒の市場とは規模が違い過ぎる」

「はあ」

「麦酒各社は製瓶会社の囲い込みの最中だ。囲い込まれないで独立でやって行くのは難しいよ。仮に君の好きな帝国鉱泉がどこかに買われたらどうするね。いい商品を持っていても、あそこは君の知っている通り青息吐息だ。誰かが買いに来れば今なら売るに違いない。資金繰りが厳しいからね。それが麦酒の会社だったら、彼らは自前の製瓶会社を持っているから、君の所へは注文は来ないよ」

為三郎は和田の調子からどこかの麦酒会社の軍門に下れと言っているように聞いた。

嘉一郎が加富登(かぶと)麦酒を買収

福沢桃介は、今でも嘉一郎とは長い付き合いを続けていた。嘉一郎が桃介を情報源として役に立つと考えていることが大きい。桃介は桃介で嘉一郎の動きは目が離せない所があった。その桃介が面白い話を仕込んで来た。桃介も嘉一郎も料亭が好きでその日も飲んでいた。いつもなら芸妓がつくのだが今日は外させている。

「お前、馬越恭平は知っているよな」

「ああ」

「どう評価する」

「いけ好かない野郎だよ」

甲州財閥の長として東京電燈や東京馬車鉄道で覇を競った渋沢栄一、大倉喜八郎、益田孝、馬越恭平など一連の渋沢閥の名は、聞くだけで気分が悪かった。これに安田善次郎や三菱、三井の三大銀行が加わることもある。馬越は一時期、三井物産の益田孝の後継者と言われていて、何度か仕事で会っていたが、良い印象を持ったことがなかった。

「馬越は益田の後釜に成れると踏んでいたら、益田が考えを変えて追い出されることになった。そこで益田の所へ行って赤字になっている日本麦酒を俺に譲ってくれと言った。退職金のことでも二人はもめていたから、益田にしてみれば厄介払いと思ったのだろう。無償で日本麦酒を馬越にやった」

「それは聞いたことがある。渋沢や大倉が馬越の後ろについたのだろう」

「そうだ。馬越はああいう男だから、俺は日本の麦酒王になるとか言って動き始めた」

「ふむ」

「落ちぶれても、元三井物産専務だし人脈も豊富だからな。麦酒が酒飲みの間で認められ始めると、政治力がある馬越は政府に働きかけて過当競争の排除や輸出の促進のための合併促進勧告を引きだした。これを受けて札幌麦酒（後のサッポロビール）日本麦酒（エビスビールが主力商品）大阪麦酒（後のアサヒビール）を大同団結させ大日本麦酒を作った。魔術のようなものだな。大日本麦酒は市場の占有率が七割を超えるらしい。馬越は、その功績で社長になった」

「ふん。政治家の助けを借りて商売をするだけの奴らだ」

「馬越の鼻をあかさないか」

嘉一郎は身を乗り出した。

「何かあるのか」

「馬越は大日本麦酒の占有率を百にして、競争相手がいないようにしたい。そのためには大阪以西と中部が大事だ。調べると、名古屋に丸三麦酒と言う会社があった。ここを押さえてしまえば大阪以西は知らないが、日本制覇だ。馬越は丸三麦酒の社長を呼んで説得し合併の仮調印にこぎつけた」

「それじゃあ、話は終わっているじゃないか」

「話は最後まで聞け。あくまで仮調印だ。おれが調べたところでは丸三は、どうも不満があるらしい」

「ほう」

「どうだ。根津。かっさらってしまうのは」

嘉一郎はそれまで麦酒業界の話には興味がなかった。後に鉄道王と呼ばれるように、どちらかと言えば鉄道の再建や買収に興味があった。付け加えるなら、この頃から生命保険にも乗り出していた。しかし、宴会等で麦酒が当たり前になって、飲んでみてこれは巨大な市場になるとは思っていた。そういう感覚は馬越と共有している。嘉一郎は事業感覚より、馬越やその一党の鼻をあかすことの方が面白いと思った。それに絵の描きようでいくらでも儲けを生み出すことも出来る。

「丸三麦酒の社長に会えるのか」

「会える。むしろ社長は調印を止めたいと思っている」

「よし。行こう」

となって翌日会った嘉一郎と桃介は丸三麦酒の買収に成功し、本契約を結んだ。あっという間の逆転劇だった。その話を突然聞いた馬越は激怒した。と言うのは、嘉一郎が発表した前日にある会合で馬越は嘉一郎と会っていたからだった。わかっていて黙っていたのかと言う悔しさと、仮契約まで行きながらひっくり返された恥ずかしさで、馬越はしばらく物も言えなかった。誰に愚痴を言うわけにも行かない。油断していたのは本人だからである。しかし、この事が渋沢一党に伝わると怒り出すものがいた。大倉喜八郎がそれである。大倉は渋沢の所へやって来て大声で言った。

「東京電燈以来、根津は我々からかっさらうことばかりやる。なぜそんな事ができるのでしょうか。理由を考えてみたことがありますか」

渋沢はわからないし、大倉の剣幕が鬱陶(うっとう)しいので困った顔をした。

「さあ」

「渋沢さんが怒らないからですよ。悪さをしても、怒る人がいなければまたやりますよ」

「大倉よ。そうは言うが、根津は何も悪い事をしていないだろう。契約をかっさらったと言うが、仮契約で慢心していた馬越はどうなのだ」

「馬越が日本麦酒を立ち上げる時、挨拶も兼ねて渋沢さんの所へ来た。渋沢さんは十分な金を包んだ。そうですすね」

「そうだ」

「私の所へも来たから当然大枚を包んだ。それが大日本麦酒になって日本市場を完全制覇しようと言う時に、突然足元を払われた」

「それは、だから馬越の方に非があると思うぞ」

「根津と言う男は麦酒なんかに興味がありませんよ。あえて言えば鉄道には興味があるとも言える。それが突然麦酒ですと。嫌がらせか何か別のたくらみがあるに違いない」

「たくらみと言うのもわからんが、それくらいにしておけ。お前は根津の話になると興奮しすぎだ」

「桃介も一枚かんでいるのは知っていますよね」

「そうなのか」

「渋沢さんから脅しを掛けたらどうですか」

「馬鹿な事を言うなよ」

その時は大倉を宥めて終わった。日本資本主義の審判役を自認する渋沢は、片方に肩入れするような姿勢は厳に慎まなければならない。

丸三麦酒を嘉一郎が買収したのが明治三十九年（一九〇六年）十二月。それから日数が経って嘉一郎は二つの問題に悩まされていた。一つは桃介が突如、抜けると言い出したことだ。買収時に大株主の一人になっていた桃介は嘉一郎を呼び出してそういう発言をした。

「抜ける？ どう言うことだ。始まったばかりじゃないか」

「その気が無くなった」

「理由を言え。麦酒の名前も加富登麦酒と変えてこれからと言う時に、大株主が抜けるのは影響も大きい」

「お前が俺の分を買い取れば良いじゃないか。買値で渡すから引き取ってくれ」

桃介は相場に対して機敏で進退は早い。しかし時には過敏すぎることもある。何度か激しい言い合いになって嘉一郎は仕方なく桃介の買値、つまり簿価で引き取った。最初の小さな打撃だった。

二つ目は加富登麦酒の味に満足の行かないことだった。嘉一郎は愛知県半田市にある新工場に寄って技術者を激励するがどうにもよくならない。最後は役員以下を呼び寄せて叱りつけた。市場で戦うと言っても、不味ければ勝てないのは食べ物商売の鉄則である。嘉一郎は焦った。

その時、天啓のように閃いて宮島を呼んだ。宮島の日清紡績は順調で報告を聞くたびに、宮島に任せて良かったという思いと、宮島を抜擢したのは自分だ、自分には人を見る目があるという自慢めいた思いに満たされた。

「お呼びだそうで」

「うん」

嘉一郎が鈴を鳴らすと秘書が飛び込んで来た。扉の後ろで控えているようなものだ。嘉一郎は頭にくると、見境なしに怒鳴りつけるし物を投げたりする。秘書は戦々恐々としていた。

「冷やしたあれを持ってこい」

秘書は脱兎のごとく部屋を出て、瓶に入った加富登ビールを持って来た。コップは二つ置いてある。

「お前は酒を飲まないから飲んでくれとは強要できない。舌の中で転がしてみてくれ」

宮島は命令通りにした。

「どうだ?これで勝てるか」

宮島は余韻を味わっていたが、正直に言うしかないと思った。

「根津さんがおっしゃったように私は酒を飲みませんから、大日本麦酒の恵比寿麦酒とかの味を知りません。従って比較基準を持ちませんが、この味だと負けないまでも勝つことはないでしょうね。後発で出るものが、味で互角かそれ以下ではどうにもなりません」

「そうか。何かが足りない。そうだな」

「はい」

「それでな。名古屋に行ってくれ。名古屋の半田に加富登麦酒の工場がある。そこへ行って常駐して味を改良してくれ」

「私は紡績会社の社長ですよ」

「そんな事はお前に言われなくても、わかっている」

こういう無茶苦茶を嘉一郎が言う時はよほど困っていると言うべきだ。宮島は条件を出した。

「紡績会社を長い間、留守にするわけにはいきません。名古屋に常駐するにしても麦酒の味が改善するまでとしていただきたい」

「当然だ」

「行く以上、万事任せていただきたい」

「わかっている」

「あなたは私が日清紡へ行く前も同じ事を言った。そして日清紡がうまく行き始めると干渉し始めた」

「お前の思い過ごしだ」

「良いですか。私がいる間、一切口を出さないでもらいたい」

「わかった」

「それから行く以上、何かの資格がないと向こうの役職員も言うことを聞きません。それはどうするのです？」

「そうだな。監査役でどうだ」

「わかりました。半田へ行きます」

そう言って半田に出張して、一ヶ月もしない内に帰って来た。

驚いた嘉一郎が迎えると、宮島は秘書に合図して完成した麦酒を持って来させた。

「氷の中に浸していましたから、ちょうど飲み頃だと思います」

嘉一郎は急いで飲んだ。口の中に芳醇（ほうじゅん）の香りがする。同様に味に切れがあった。

（これは！これは勝てる）

改めて宮島を見た。分厚い眼鏡に痩せて薄い胸をしていた。確か、こいつは身を落とすと言っていた。工場の真実は最も下の職工や女工達の中にあると。部長や工場長の言うことなど信用するなと。その方法を今回も使ったのか。

「宮島。よくやってくれたな。これで馬越と戦えるよ」

「根津さん。別の話をしますが、よろしいか」

自分の手柄話をするかと思ったが、そういう話は人前ではしない男だった。彼の話を聞いて大いにその活躍ぶりや経営手腕を褒めてやろうと思ったが、嘉一郎は当てが外れた。

「何だ。何の話だ」

「あなたは私を派遣する時、監査役にするとおっしゃった」

「そうだ」

「監査役で行く以上、会社全般について監査する必要がある」

「そんな事をやる必要はない」

「監査役に監査の仕事をさせないのですか」

「便宜上の事だ。行く名目を決めてくれと言うからそうしただけだ」

「あなたは福沢桃介さんから会社の金で丸三麦酒の株を買い取った」

「ああ。桃介がどうしてもと言うからだ」

「最初の福沢さんの買値ですね」

「そうだ」

「その買値が正当であると言う証明がありません」

やりこめられて嘉一郎は黙った。

「早く修正しないとややこしい事になりますよ」

そう言い終ると帰って行った。宮島の経営手腕に驚倒していた嘉一郎は以前からそうだったが、ますます宮島を憚(はばか)るようになった。めったに出ない宮島が、義理で宴会に出た時には宮島が帰ってからはしゃぎ始めたと言う。


宮島についてもう少し触れる。戦後、宮島は愛妻・盛子を亡くした。従来からもそうだったが、この頃から金や名誉について全く興味をなくしてしまった。巨額の退職金を受け取らず監査役の報酬も受けなかった。勲章の話が出ると怒り出した。そして日本工業倶楽部の会長だった宮島は、全館に冷房も扇風機さえも入れなかった。ゴルフの練習場を屋上につけようと誰かが提案した時、血相を変えて怒り出した。ゴルフと社用族を毛嫌いしていたのである。冷房も扇風機もない環境は、晩年、八十歳前後になると応え始めた。宮島は会長室のソファーに寝ころびじっとしていることが多くなった。職員が気を利かせてたらいに水を入れて持って来た。それくらいしか方法がなかったからだ。

「ああ、涼しそうだね」と喜んだと言う。

こうなって来ると修行僧と言うほうが正しい。その一方、宮島は私財を嘉一郎が作った武蔵学園に投じた。

三社合併交渉（加富登麦酒&帝国鉱泉&日本製瓶）で奮闘

酒の販売員は仕事が深夜に及ぶことが当たり前である。酒屋の注文取りなら昼間走り回ればよいが、酒屋は大きな取引先であっても数ははけない。はける所は料亭であり、酒場でありビアホールである。この頃、大阪麦酒は自前のビアホールを作っていた。それが受けたため似たような物が出来始めた。嘉一郎は酒の販売員の経験はなかったが、販売員に何か他社と違うものを持たせてやらなければ東京や大阪では戦えないと思っていた。

元々、丸三麦酒は創立の時に中埜(なかの)酢店（現・ミツカン）が関わっていて中埜の名前は高級品の代名詞で米屋の売れ筋商品だったから、丸三を引き継いだ加富登麦酒は米屋のルートに置いてもらえたから中部地方では強かった。しかし東京や大阪では事情が違う。大日本麦酒が出来る前、札幌麦酒と日本麦酒、大阪麦酒が争っていた頃、占有率では東京に盤踞（ばんきょ）する日本麦酒が有利であった。

しかし札幌麦酒に有能な経営者が現れて東京に工場を作り、販売網を拡充し宣伝戦に打って出た。結果、札幌麦酒の占有率が日本麦酒の占有率を遥かに引き離してしまった。慌てたのは馬越である。三社が競争しても首位の座が変わらなければ安泰と思っていたのに当てが外れた。札幌麦酒の攻勢は日本麦酒の占有率を下げ、首位の座を大阪麦酒に明け渡し、あろうことか札幌の後塵をさえ拝した。馬越は、渋沢に泣きを入れ農商務大臣清浦奎吾を頼った。折から日露戦争である。清浦は三社の代表を呼び斡旋した。馬越の政治力が生かされ紛糾はあったが、大日本麦酒は馬越のものになった。渋沢は札幌麦酒の会長であったが、いざと言う時には馬越の側にまわったのである。大倉喜八郎が馬越の裏にいたことも間違いない。

一社が強い意志で他の陣営へ攻め込むことを決めたら、勢力地図が変わる。その実例を札幌麦酒が示したが、嘉一郎はすぐにはそのやり方を取らなかった。知り合いの和田豊治が耳寄りな話を持って来たからである。

帝国鉱泉と日本製壜（にほんせいびん）と加富登麦酒を合併させてはどうかと言う。和田は帝国鉱泉に絡んでいたから既に合意を得ていると言い日本製壜も前向きだと言った。瓶を押さえると言うのは麦酒会社の重要戦略の一つになっていたし、帝国鉱泉の三ツ矢サイダーは当時日本に一つしかない清涼飲料水である。米屋の市場だけでなく料亭でも料理屋でも切り込み商品として使える。これで入り込んで親しくなれば麦酒の売り込みに使えることは自明である。嘉一郎は二つ返事で了承した。日本製壜も帝国鉱泉も和田の説得で合意し、三社は基本契約書を結んだ。詳細は交渉で詰め最後は合併契約となる。

　為三郎の腹心の部下、遠山次郎が憤激して日本製壜の本社に駆け込んで来た。遠山は二百万の返品の山を部下と共に捌いた男である。為三郎と共に最悪の期間を凌（しの）いだだけに腹が立って仕方がなかった。

「社長！」

「何や。遠山君。血相が変わっとるで」

「お聞きしますけど、加富登麦酒と帝国鉱泉とわが社で三社合併のための基本契約を結んだと言うのはほんまでっか」

「ああ。和田さんが強く勧めるしな。麦酒会社と組まんではこれからの製瓶会社は大きならへんでと言うし。一理あると思た」

「何を言うてまんの。大丈夫でっか。この前まで独立自尊や言うとったやないですか」

「そうや。そう思とった」

為三郎はわずかに怯んだ。やすやすと和田豊治に説得されたが、これで良いのかとずっと考えていたからだ。

「ええですか。根津嘉一郎と言うのは札付きの乗っ取り屋でっせ。あいつは東武鉄道を傘下に収めた時、それまでの役員を全員辞めさせた。この合併が出来た時、社長が残ると一人決めして大丈夫でっか」

「東武の時は吸収合併やろ。事情が違うやろ」

「そうですかいな。加富登麦酒は資本金六百万円で当社は二百万円、帝国鉱泉に至ってはわずか五十万や。向こうから見たら東武鉄道とどう違いますの？」

為三郎の動揺が激しくなった。遠山の言うことに理があると傾いたのだ。

「まだ基本契約や。正式に合併契約を調印した訳やない。つぶしてしまうか」

「そうしましょうや。わが社も最悪期を脱して黒字の目途も立ち始めた。そんな時に合併で乗っ取られるなんてどうにもなりませんで」

二人は同意して法律顧問の大学教授を訪ねた。経緯を説明し、この基本契約を解除破棄したいと訴えた。顧問の大学教授は基本契約の文面をしばらくじっと見ていた。

「山本はん」

「へえ」

「これはあかんがな」

「なんで？」

「基本契約言うたかて契約や。誠実に履行する義務がある。ここにあんたの会社の社印とあんたの署名があるわけやし、かってに潰すと言うのは通りまへんな。仮契約言うならまだしも本契約やからな」

そう言われて潰せなくなった。あとは対面の合併交渉で条件を少しでも有利にして生き残らなくてはならない。

交渉は出来たばかりの日本工業倶楽部の会議室で行われた。大正十年（一九二一年）である。この日本工業倶楽部の会長に第二次世界大戦後、宮島が選ばれるのは面白い。交渉には斡旋（あっせん）役の和田豊治も同席していた。嘉一郎はこの時、六十二歳、経営者として自信満々、脂が乗り切っていた頃である。東武鉄道他根津財閥と呼ばれて当然な企業群を傘下に持っている。対して為三郎は日本製壜一社だけであった。二十九歳である。会社で言えば社長と課長代理クラスほどの年齢差である。

合併条件の主要な点は合併比率である。嘉一郎が切り出した。

「当社は一割四分の配当をしている。帝国鉱泉は一割だ。これに比べて日本製壜は無配である。当社と帝国鉱泉が一対一・五で合併するのは良いが、日本製壜とは一対〇・七位でどうか」

冷静で合理的である。その貫録に押されそうになりながら為三郎は頑張った。ここで頑張らなければすべてを失う。

「理解が出来ませんね」

関西弁でやれれば、もっと舌が回るが、そう言うわけにも行かない。

「何が理解できない？私は普通の事を言っているつもりだが」

「当社が無配であると仰ったが、今は無配と言うだけで来年は配当の目途が立っています」

負けるものかと思うから為三郎は自然と声が大きくなった。一方、根津を見ている内に、先年死んだ父を思い出した。

「これは面白いことを聞く。これから合併する企業が、将来は儲かるからとか言い出せばまとまるものもまとまらない。合併時点の企業の姿を正確に反映させるしかない」

「わかりませんね」

「何がわからない」

「根津さんは株を買う時、財務諸表で反映された株価でしか買うわけではないでしょう。将来の価値も当然現在の株価に反映されるべきです」

「上場企業の話と今回の合併の話は違うと思うがね」

「違いません」

一層大声を出した。今時の言葉で言えばプレミアムを払うべきと言ったのだ。それから半日、屁理屈と大声でがんとして合併比率に合意しなかった。次第に嘉一郎のほうも熱くなっていた。いつ怒声を発しないとも限らなくなった。見かねた和田豊治が休憩の時寄って来て囁いた。

「山本君」

「はい」

「頑張るのも良いがほどほどにしないとな。根津君はああ見えて怒ると、何をするかわからないからな。度を超すとこの合併を壊してしまうぞ」

「はい」

和田豊治は長い交渉にあきれたのかそのまま帰ってしまった。為三郎は次第に熱くなってきた根津を見ながら、根津さんはこの交渉を怒って潰すようなことはしないと言う確信があった。根津さんは世間で言うような何をするかわからない人ではなく、極めて合理的で理知的な人だと感じ始めていた。根津さんは日本製壜を心の底から欲しがっている。怒って潰すようなことはしないと。

その日は物別れになった。二日目。もう言うことはなかったが、二人は怒鳴りあっていた。三日目になった。さすがに為三郎は、今日決まらなければ根津も匙を投げるだろうと思った。それでも丹田に力を入れて頑張った。どう考えても根津の言うことが正しいと思いながら大声で喚いた。

ふっと前にいる根津の力が抜けた。

「お前の将来を買おう」

「はっ？」

「合併条件はお前の言う通りでよい」

「ありがとうございます」

そう言いながら、為三郎は世間が言っている根津像がでたらめであり、全く根津の本質から外れていることを理解した。そして根津を動かすコツを身につけた。大事なことは礼儀正しくすることで、かつ虎の尾を踏まないことである。それさえ守っていれば、懐に入っている限り、根津はどのようなことがあっても守ってくれる。

後になって為三郎は正田貞一郎、宮島清次郎、小林中(あたる)達を知った。いずれの人も為三郎が会得しているコツを見につけていた。宮島などは案件が理不尽だと感じると、嘉一郎の話を聞きもしなかった。それでも根津は何も言わなかった。阪急の小林一三はよく為三郎に愚痴をこぼした。

「僕はこんなに頑張って尽くしているのに根津さんの信頼を得られない。山本君は言いたい放題なのに、なぜあれほどかわいがられるのか」

ともかく日本製壜は日本麦酒鉱泉株式会社になって資本金は九百万円、日本製壜の尼崎工場は新会社の尼崎工場になった。為三郎は常務になった。

ある日、根津に呼ばれた。

「この前会合があって義理があるので出ざるを得なくなった。わたしが部屋へ入ると大勢が既に席についていてその中に馬越がいた」

「はい」

こういう時は黙っていなければならない。そう言うことを為三郎はわかっていた。本当に為三郎に聞かせたいのか、ただ感情をぶちまけたいのかわからないからだ。

「丸いテーブル席の端で、俺に目を止めると、ふんと言う顔になってプイと横を向いて、さらには天井を見やがった。あいつは一体何歳だ?八十近いだろう?」

「はい」

「八十近い爺さんが、己の手落ちを棚に上げて、わたしの悪口をそこら中に言い散らしているらしい。馬鹿馬鹿しい。あの野郎に経営の才能などないんだ。困ったら渋沢と大倉の所へ行くだけだ。そして政治家を使って懐柔に来る。大阪麦酒も札幌麦酒も、それでやられた。俺にその手は効かないよ。俺は別に麦酒会社をどうしてもやりたいわけではないが、あの野郎に参ったと言わせてやりたい。わかるか。山本」

「はい」

為三郎はしばらく沈黙した。

「あの。ご用は何でしょうか」

「お前なあ。技師を何人か連れてアメリカと欧州へ行ってこい。大阪と東京の市場へ攻め込むには新工場が二ついる。その最新鋭の機械を持ち帰れ。生産能力が日本一であるだけでなく品質も他社を凌駕させるんだ。そしてどこに建てるかを含めて宰領しろ」

「わかりました」

「それからなあ。最新の麦酒の作り方を何とかして手に入れて来い」

この時、欧州で手に入れたレシピが今も現在のサッポロビールの中に残っていると言う。

為三郎は勇躍して海外に行ったが、大阪、東京に攻め込む工場の場所については既に腹案があった。為三郎が常に現状に甘んぜず経営者の視線で物事を考えていたからであろう。馬越に対する怪気炎はともかく根津は大阪と東京へ攻め込むと踏んだ。そうすると新工場が必要だ。敷地はどこにするかとなるはずだ。

為三郎はひそかに不動産業者に手を回した。大阪はすぐに決まった。西宮である。旧日本製瓶の工場がある尼崎から駅一つの距離にあったから大義名分は立った。東京は川口を第一候補にしたが、アメリカ欧州をまわってから決めようと思った。それから十ヶ月、技師陣四名と為三郎は精力的に欧米を回った。長旅が終わって、為三郎が横浜に帰り着いた時には、満腔の自信と将来の構想に満ちていた。

『根津翁伝』によれば藤田伝三郎の茶会で嘉一郎は馬越に会った。藤田伝三郎は長州の出身で井上馨と近く、その縁で様々な事業を展開し巨富を築いた。藤田組の創設者で藤田財閥とも言うべき企業を傘下に持っていた。藤田伝三郎は、馬越と嘉一郎が険悪の仲だと聞いて、仲を取り持ってやろうと茶会に事寄せて呼んだ。と言うべきだが、どうにもならなかった。

麦酒会社を何とかしてくれと嘉一郎が頭を下げて馬越に頼んだ。しかし、横から契約をかっさらわれた恨みを忘れられない馬越は傲慢にもこれを拒否した。腹を立てた嘉一郎が、よし、それなら大日本麦酒と競争して勝つしかないとなって本格的な競争に移ったと書いてある。根津翁伝の編集者もしくは記者が、嘉一郎が生きている時にそう聞いたと言うのは事実であろうが、嘉一郎が頭を下げて馬越に頼んだと言うのはどうだろう。やりたくはなかったが、相手が喧嘩を売って来たから仕方なく立ったのだと言う論調を維持したかったただけではないか。

横浜港には嘉一郎が既に来ていて、為三郎と技師団を見つけると小走りに近付いてきた。

「どうだった？ 目途は立ったか？」

「大丈夫です。目途は立ちました。最新鋭の機械を安く買えました。最大の生産能力を持っていて品質も最上の物です。それと麦酒を作り方も学んできました。きっちりメモを取っています」

レシピを伝授されてきたと今なら言うかもしれなかった。

大正一四年（一九二五年）川口市に新工場が建設され、翌年西宮に新工場が立った。東京と大阪へ同時に攻め込む兵站基地が出来たのである。

「西宮工場は自分が作ったんだ」と後々まで為三郎が自慢したと言う。

この頃まで、麦酒市場は成長、拡大し続けていた。その流れに乗って新規に参加してくる麦酒会社も相次いだ。一方、第一次大戦後の好景気は次第に影を潜めていた。金融恐慌は昭和二年（一九二七年）に起こるのである。新工場を作って販売競争に移った日本麦酒鉱泉が順調に利益を拡大させるわけには行かなくなっていた。

加富登麦酒の冠名をユニオン麦酒に変えて、嘉一郎は東京の小売り店に打って出た。小売店にユニオン麦酒を指定させ、一括でその市場を押さえようとしたのだ。指定させるものは外交頻度であり実質的な安売りであった。接待も当然入る。今でいうキックバックの様な手法もあったろう。かつて日本麦酒時代に札幌麦酒の攻勢を受けて首位を奪われたことのある馬越は、ユニオン麦酒の攻勢の前に、合併会社の大日本麦酒のシェアを奪われ始めていた。

嘉一郎はそれを見て大阪駐在の為三郎に厳命した。東京と同じやり方で大阪の小売り店を奪えと。大阪と東京とは小売り店の仕組みが違うと言う反論は為三郎が押さえて、同じやり方で奮闘した。次第に大阪の占有率も食い始めた。食われる大日本で悲鳴が上がり、食っているユニオン麦酒の方も営業費用が拡大し、実質的な安売りで打撃が生じた。競争相手も仕掛けて来るのだから自分だけが安売り出来ているわけではない。意図せざる値引きのような事も起こった。

「表に出ない実質的な安売りをするくらいなら別の銘柄を打ち立てて、安さの象徴のようなものを作ればどうだ」

嘉一郎は三矢麦酒と言う銘柄を新規に立たせて、安売りはこれに集中させようとした。ユニオンのブランドを守ろうとしたのである。聞きつけた大日本麦酒の幹部が怒鳴りこんで来た。嘉一郎には直接ではなかったが、会社として抗議するから必ず社長に伝えてくれと言った。

「あなたの会社は麦酒業界を潰すつもりなのか」

後で伝え聞いた嘉一郎はフンと鼻を鳴らして天井を向いたが、三矢麦酒を続けろとは言わなくなった。

販売競争は乱売競争になって安売りが公然化した。一方、不景気の進行で会社の中に在庫が残り始めた。大日本麦酒も日本麦酒鉱泉も同じであった。

ある日、嘉一郎に渋沢栄一、大倉喜八郎、馬越恭平から誘いがあり宴会を共にすることになった。その宴会には浅野セメントの社長も同席すると言う。宴会は珍しく趣向に満ちていて楽しく、浅野セメント社長の提案で乱売、安売りの停止で握ったのだが、帰って来た嘉一郎は、それを部下には伝えなかった。馬越が部下に指令するとは思えなかったからだ。馬越はこの時、八十を過ぎていて麦酒販売戦で見る限り指導力と言うほどのものはなかった。

(元々札幌麦酒に攻められた時も現場で指示を出せなかった男だからな。出来はしないし指示を出しても部下が聞かないだろう)

馬越は馬越で、宴会の時はにこにこして乱売、安売り停止で握ったのだが、嘉一郎のことは全く信用していなかった。

（あの男は約束を守らない男だ）

馬越は部下に指示を出さなかった。

乱売、安売りを誰も止めないから現場は競争に勝つために必要な事をやる。それを見て競争相手もそれ以上のことをやる。各社は決算がおかしくなってボーナスが減らされ、それが継続された。新規雇用も無くなった。


ある日、岩崎清七が嘉一郎の下へやって来た。

岩崎は日本製粉を辞任した後、疑獄に巻き込まれ牢屋に入りそれは冤罪だったのだが、立ち直って磐城セメントを発展させていた。

「久しぶりだな」

「お前の所も持ち直してきたようだな。今日はその事か」

「そうじゃない。今日は見るに見かねてやって来たんだ」

瞬間、嘉一郎は嫌な顔をした。

「お前がとりなそうとしても無理だと思うぞ。馬越は実務を把握していない。あの男は三井物産と言う大組織で生きてきた男だ。それが今は畑違いの所にいる。困った時には渋沢に泣き付く。そんな男の言うことなど信用できるか」

岩崎はその剣幕に驚き、馬越の所へ行ったが、根津への不信感を吐き散らかされて匙を投げてしまった。岩崎が嘉一郎を訪ねてきたのは昭和六年（一九三一年）だ。同じように今度は麒麟麦酒に頼まれて三菱銀行が動き出した。いずれもすぐに効果が出なかった。乱売、安売りは実際現場ではさらに激しいものになって、麦酒各社の収益を圧迫し何をしているのかわからなくなっていた。嘉一郎は経験から合併が富を拡大させることは知っている。東京電燈も東京電気鉄道も彼に巨大な富を与えてくれた。大日本麦酒の使者が嘉一郎を訪れて株の高値での買い取りを初めて提案した時。ここらが潮かと思ったが、持ち前のツッパリが持ち上がり

「今さらそんな事に応じるくらいなら、麦酒事業など始めるものか」

と一喝した。

昭和八年（一九三三年）のある日。岩崎のとりなしから二年経って事態は悪化するばかりの日。宮島は密かに宴会の誘いを受けた。相手は馬越恭平だった。宮島は誰にも言わずに、

宴会に出た。馬越が一人待っていた。宮島はこの種の頭越しを嘉一郎が蛇蝎（だかつ）の如く嫌うのを知っている。嘉一郎は武蔵学園を作って生涯の情熱をささげるが（これは第六部で詳述する）、大いに賛同する宮島と正田は二人で献身的に嘉一郎を助けた。その武蔵学園の教師が渡米する時、二人は金を出し合って賛助した。これを嘉一郎が後で知った。わずかの賛助金であり、彼らのポケットマネーである。呼ばれた二人は凄まじい嘉一郎の怒りの視線を浴びなければならなかった。

「今度は許す。しかし覚えておけ。二度はないぞ」

さすがの二人もうつむいて謝罪するしかなかった。逆鱗（げきりん）に触れてしまったのである。

これは逆鱗に触れるかも知れないと思ったが、宮島は事態が切迫している事もあって出かけたのだ。宮島と馬越は知り合いで、馬越は宮島を高く買っていた。宮島も馬越の実績と経綸を評価している。

「お久しぶりでございます」

「おうおう。わざわざすまなかったね」

目の前にいるのは白髪がわずかに残った小柄な男である。柔和な目をしていた。宮島は思った。

(この爺さん、九十歳になるのではなかったか。前線に立って叱咤激励も出来ない代わり、欲得もなくなっている)

よもやま話になった。宴の進め方は手慣れているのか見事なもので、慣れない宮島とは全く違う。宮島は気持ちが落ち着き楽になっていた。宴の最後に馬越が言った。

「宮島君。何とか収めてくれんかね。このままでは両社、いやいや麦酒産業自体が死んでしまう。それは根津君もわかっているはずだ。どうか、犬馬の労を取ってくれ」

宮島は翌日、嘉一郎の所に来た。そして昨日の馬越との宴を話した。お前は俺の頭越しに馬越と交渉するのか、そう言って激怒するかと思ったが、嘉一郎の反応は穏やかだった。

「馬越の爺さんは何歳になった？」

「九十歳でしょうか」

「ふーん。わたしの所は怖くて来れないから、お前の所へ行ったのか」

「さあ、それはどうでしょうか」

穏やかに受けた宮島は、反応から嘉一郎が事を収めたがっていると知った。うまく運べば今度は反対する事はないだろう。

それからわずかして馬越が急死した。ぶつかっている当事者がいなくなったのだ。気落ちしたと嘉一郎は表向きには言った。馬越が気に入らないからあくまで戦うと言ってきたからだ。大日本麦酒から使者が往復して、日本麦酒鉱泉の株を全部買い取るからそれでどうだ、と言ってきた。日本麦酒鉱泉の株価は第日本麦酒の三分の一である。嘉一郎は平然と「それは吸収と言うのだ。対等の合併でなければだめだ」と言った。つまり合併会社の役員で入ることを含みとすると示唆したのだ。大日本麦酒は憤激し一時話が壊れかけたが、再度、妥協案をもって現れた。根津の役員入りを阻止する代わりに、日本麦酒鉱泉の買い取り価格を大日本麦酒の株価と同じで買い取ると。

(ここが潮時だな)

嘉一郎はあっけないほどその提案に合意した。為三郎には馬越が死んで気抜けしてしまったと見えた。

しかし、結果として嘉一郎の粘り腰で、日本麦酒鉱泉の既存株主は資産を三倍にしたし嘉一郎も資産を大幅に増やした。

こうして長い間の消耗戦が終わって、大日本麦酒と言う巨大な麦酒会社が誕生した。割を食ったのは一人だけだった。為三郎である。彼の新会社での地位は常務ではなく監査役だった。しかも非常勤となっていた。

普通の勤め人なら、

(根津さんは何で自分のために口利きをしてくれなかったか)

と恨むところだが、為三郎は一向にその気配を見せなかった。見せないどころか一層、嘉一郎に接近した。元々、大阪駐在だった頃、嘉一郎が大阪に来るたびに、ホテルだとか食事の場所だとか料亭などに異様なほど気を使う男だった。嘉一郎は為三郎の専心の気配りを喜び、宴会に同席させた。宴会の捌き方など逸品の腕だった。芸妓のあしらい方もうまく、客を飽きさせなかった。食通でその種の話も客を楽しませた。

嘉一郎は暇な時には京都の古美術商や骨董屋まわりに為三郎を同伴させた。宮島や正田だとそうは行かない。宮島は、あなたも骨董集めさえなければ名経営者なのだが、と言ったりした。正田は定時になると家に帰ってしまうし、休日の過ごし方は家族中心である。古美術や骨董品を集める趣味などない。八十になっても会社へ出るのが一番楽しいと言った男である。

二人に比べて芸術に造詣の深い為三郎は、十分に嘉一郎の話し相手が務まった。さらに時間があれば、嘉一郎は為三郎を鳥撃ちに同伴させた。鳥打帽を被り防寒具に身を包んだ嘉一郎は、鉄砲を撫でさすりながら出発前から興奮していた。猟師が二人ついて鉄砲を持っていた。鳥撃ち仲間も数人いた。嘉一郎は饒舌になり大声で話し散らすので猟師から何度も注意されていた。鳥も猪も人間の声が聞こえるのだと。静かにしないと皆逃げてしまうのだと。為三郎は鳥撃ちには全く興味がなくついて行っただけだったが、嘉一郎を見ているだけで楽しかった。

（遠足前の子供みたいなものだな）

一方、嘉一郎の方も、浪人まがいの地位しかもらえなかった為三郎の振る舞いをじっと見ていた。為三郎は相変わらず、自分を父のように慕ってくる。窮地の時の振舞としては見事だった。

（為三郎はやるものだな。あいつにはいずれ場所を与えてやらねばな）

そう思った。

第五章 小林中（あたる）

富国徴兵保険入社

小林中が富国徴兵保険に入ったのは嘉一郎に誘われたからである。中の家は山梨では別格の家で大地主だった。小林と言う姓は祖父のもので母方の家である小林家を継いだといえばわかりやすいだろうか。

父親は矢崎と言った。矢崎は銀行を経営しているが、祖父が中の聡明さに惚れて養子にしたのだ。中が生まれたのが明治三十二年（一八九九年）。宮島とは二十歳違い、正田とは三十歳近く離れている。嘉一郎とは四十歳近く離れ祖父と孫と言う関係に近い。かろうじて山本とは六歳違いだから同世代とも言えた。

山梨県でも有数の大地主の小林家を若くして継いだから、中は生まれながらに大金持ちになった。早稲田大学に無試験で入ったが、入学する時に手続きに行ったきりでその後は、夜の街を徘徊していた。株式投資は、この頃から異様なまでの執着を見せた。博才があったのか銘柄を当てまくった。そして夜になるとその種の場所に通った。そこで危ない目にも四度あったと言うから懲りなかったのだろう。

金が足りなくなれば、親か祖母（祖父はこの頃亡くなっている）に無心すれば、送って来たから幾らでも使えた。その内、四年経って父親も祖母も帰って来いと言うし、遊びにも疲れたし、早稲田もあれ以来一度も行っていないのだから未練もなかった。彼の最終学歴は高卒と言う事になるが、彼は学歴に全く興味を示していない。時代柄とは言え、こういう人は珍しい。松下幸之助は生涯学歴コンプレックスに悩まされたし、表向きはどうであれ、何らかの影響があるものだが、中は全くそう言う事がなかった。嘉一郎は中の親である矢崎から頼まれているので媒酌の労まで取った。自然に中との会話が増えた。

（こいつの聡明さは大変なものだ。正田とも違うし宮島とも違う。山本の愛想良さは天性のものだが、こいつの不愛想も天性のものだな）

最初、中は親父の銀行で財務担当をして、銀行資産の比率を貸し出しから株式投資に変えていったが、不景気の波が押し寄せると持ちこたえてはいるものの、先行きは怪しくなった。

三十歳の時、一念発起して富国徴兵保険に入った。入るについては嘉一郎が誘った。嘉一郎は中が類まれな資質を持っていると見抜いていた。自分が側において鍛えれば、根津財閥の大番頭が務まると。世代交代を意識した動きを始める時期に来ていた。嘉一郎の息子、藤太郎は幼く、嘉一郎にもしもの時があったら組織を守り維持していく大番頭が必要だ。正田や宮島は能力では最適だが、歳を取り過ぎている。

「お前は俺の下へ来い」

「はあ。東武鉄道ですか」

「いや。進境著しい富国徴兵保険に入れ。ともかく椅子は富国徴兵保険だが、仕事はわたしのかばん持ちだ。事業全般を見れるように鍛えてやる」

「大変ありがたい申し出ですが、私は勤め人には向いていないと思うのです」

「はッ？どう向いていないのだ。親父の銀行では取締役だったじゃないか」

「親父は私の自由にさせてくれました。勤め人になるとそうもいきません」

「俺のかばん持ちだからな。そうそう自由にはなれないだろうな」

「ですから難しいと思うのです」

嘉一郎は苛々（いらいら）した。はっきりとは言わないが、かばん持ちで終わらせる気は無いわけで社員垂涎（すいぜん）の場所を入社早々与えてやると言うのに、別段嬉しそうではなかった。

「何が難しいのだ？」

「私は朝が起きられないのです」

「はっ？眠たいなどとは言うなよ」

「低血圧なのかわかりませんが朝は頭が働きません。ですから朝から勤めろと言うのなら、無理と言わざる得ません」

「勤め人は朝眠たくて頭がぼおとしているのに出て来るんだ。このわたしにしろ、朝は全身冷水摩擦をして出て来るんだ」

「そうですか」

全く関心がなさそうだ。朝出て来いと言うのなら、入社しないと言外に言っているのだ。嘉一郎は瞬間頭に来て物を投げつけたくなったが、中(あたる)はまだ入社していない。物は投げられない。

「朝以外は働けるんだな」

「はい」

「夜はどうなんだ」

「夜はどんどん元気になりますから、宴会でもなんでも」

「ふーん」

宮島は宴会を軽蔑してよほどのことがないと出て来ないし、貞一郎に至っては定時で帰ってしまう。貞一郎は奥さんを今でも溺愛していると言う。奥さんと十人の子供が大切であって、嘉一郎の誘いにはよほどのことがないと出て来ない。

「わかった。朝は出て来なくともよい。しかし国内出張の時は一緒に行かなければならないから、朝から出て来てもらうぞ」

「お供いたします」

こうして朝は出て来なくても良いと言うことになった。中（あたる）はどの組織に行っても、例えば日本開発銀行でもアラビア石油でも、朝は遅く出て来た。まわりもそう言うものだと納得した。

嘉一郎は細かい事に口を出し、出すだけでなく詳細な報告を求めるので、部下が疲弊することは宮島の件で述べた。それは嘉一郎の癖のようなもので業績著しい富国徴兵保険でも起きていた。嘉一郎は最初の頃、生命保険事業を誤解していて、生命保険は儲かった、儲かったと言いながら、最後は支払いで大損をする事業だと思っていた。だから実務の長であると共に、実質的な創業の提案者である吉田義輝に任せてやらせていても疑念が抜けなかった。結果、細かい事に口を出しさらに詳細な説明を求めた。吉田や部下が口ごもったり質問に答えられなかったりすると、頭に来て物を投げたりした。吉田は当時専務であったが、嘉一郎に何も言えないため、報告の度に戦々恐々とした。いつしか業務報告や提案は中(あたる)が代行するようになった。

「なんでお前がいつも報告に来る」

「私は富国徴兵保険の一員でもありますが」

「なんで専務の吉田が報告に来ないいんだ」

「私が報告する方が時間を短縮できるからです」

うるさいことを言うから、部下が委縮するではないかと言外に言った。嘉一郎は豪放のようで繊細だから、中(あたる)の言うことを理解した。吉田は嘉一郎にとって大切な駒で、富国徴兵保険をここまで発展させたのは吉田の営業力であり営業統率能力である事はわかっていた。生保の営業と言うのは泥まみれの営業と言うに近い。銀行の預金集めも証券の株式の開拓外交も、いずれにしても泥まみれで個人営業は理屈通りでは行かない。

吉田は自分でも率先して営業の第一線に立つから、営業の苦労も熟知していた。そして営業がどういう時にさぼって数字を出さないのかも。吉田は目標を立て、しかも相当以上高く立てて、営業を叱咤激励、鼓舞した。数字の必達を命じた。数字の必達が出来ないものには、大声を出して怒り、出来た者には褒賞を出した。その緩急が自在で結果として嘉一郎が報告を受ける時には驚くような数字の進展になっていた。

中（あたる）は、吉田の動きをじっと見ていた。営業を捌くのは天性のものがあると思った。それは感心するのだが吉田は、根っからの営業人間で財務や運用について興味を持っていなかった。今風に言えば営業本部長が会社すべてを統括するようなものだ。中（あたる）はこれではいけないとは思いながら、会社の基礎を作るまでこれしかないかと思ったりした。ただし、このやり方はどこかで行き詰まるはずだと。

会社に入って数年経って国内出張に随伴した時、嘉一郎に聞かれた。

「吉田について意見はあるか」

「吉田さんは富国徴兵保険の一枚看板ではないですか。この会社をここまでにしたのは彼の功績です」

「そんなことは聞いていない。悪口を言えと言ったのだ」

「上司をその人のいない所でそしるわけには行きません」

「では、この会社に欠けている物は何だ。この会社をさらに発展させるためにはどういう措置が必要だ?」

「この会社には財務や運用がありません。その考え方もありません。集めた金はそのまま国債にする。それだけです」

「うむ」

「今は所帯が小さいから、何とかなりますが、大きくなると必ず齟齬が生じます」

「うむ」

「運用を常に考える玄人の組織を作って、今から教育訓練すべきです。企業の株式を買ってその職域で募集することが財務ではありませんし、運用でもありません」

それから何十年も経って一九八〇年代の株式、不動産バブル大全盛の時、富国徴兵保険あらため、富国生命に、運用を重視する古屋哲男と言う中興の祖が出て一切株式を運用で買わせなかった。無論、不動産など論外で、買うなと強く指令を出した。上は大手生保から下は中堅生保まで、もっと広げれば個人投資家まで株と不動産を狂奔して買いまくり、その値上がりの成果を受け取っていた時期である。そう言うことをしない富国生命の順位は落ち、次々と中堅生保での地位を下げた。それでも数年間、意図をもって何もせず買わなかった。こんな高値で買えるか！と言い続けたと言う。

やがて市場の狂乱が冷め、それは日銀の金利政策が端緒であったが、バブルがはじけ大手生保は体力があったから何とか持ちこたえたが、一緒に踊っていた中堅生保は次々と倒れた。千代田生命、東邦生命、日産生命、第百生命などがそうだ。運用に人を得ると言う考え方は、富国生命に引き継がれていたと考えてよいだろう。

吉田はやがて富国徴兵保険の社長になった。順当な異動だった。

中（あたる）は嘉一郎の信頼が増すにつれ、仕事の領域が増えて行った。富国徴兵保険の席は空白の時が多かった。中（あたる）は鉄道事業も見るようになった。嘉一郎は根津財閥全体の問題を中（あたる）に聞くようになった。中（あたる）は嘉一郎の期待に応え十分な献策をした。

（大番頭はこいつしかいない）

帝人事件

昭和九年（一九三四年）のある日、嘉一郎が会社に出ると、秘書の一人が飛んで来て中（あたる）が検察に逮捕されたと報告した。続いて何日かして何十人もの検察官が列をなしてやって来て、大量の段ボール箱を富国徴兵保険の財務の部屋に持ち込んだ。さすがに嘉一郎の部屋にはやって来ないが、財務の部屋は騒然としている。こういう時社員が動こうとすると「おい！」と怒号され、検察官が目の前に飛んで来る。

「動くなと言ったのが聞こえないか！」

抗議しようものなら即刻逮捕される場合もある。職員は凍り付き、動けないまま検察が段ボールに資料を投げ込むのをみるしかなかった。

（時事新報の武藤山治※さんの功名心がこの結果だ）

嘉一郎は徳富蘇峰と組んで新聞社を経営して投げ出したことがあったから、新聞社がどういう歯車で動いているのかは知っていた。それにしても武藤の紙上での攻撃に乗った検察もひど過ぎる。嘉一郎の見る所、全部でっち上げに過ぎない。でっち上げて、彼らの言を借りれば、筋を読んで、自白をさせて行けばよいと思っているのだろう。

帝人事件というのは話せば長くなるのだが、第三章でも出て来た鈴木商店が発端になる。

※元鐘淵紡績社長から時事新報の編集者となり、政・財・官の癒着を暴いた人物

昭和九年（一九三四年）に帝人事件は起こった。元々帝人は鈴木商店系の会社で、鈴木商店は事業を拡大するために台湾銀行に融資を申し込んで担保を帝人株とした。その株数は二十二万株。鈴木商店は製粉業界でも日本製粉と組み事業を拡大し、さらには日清製粉と合併しようとして失敗した。この間の経緯は前述した。

日清製粉に断られたため、日本製粉と鈴木商店の脆弱さが世間に明らかになった。その倒産危機は政府の支援で乗り切ったが、翌年の金融恐慌でついに鈴木商店は倒産した。台湾銀行の金庫には担保として取った二十二万株が残った。台湾銀行は帝人株を流動化したい。しかし無理やり売れば、株価は暴落してしまう。一方、機関投資家の中で帝人株を高騰させることなく買いたいという思いは強い。この両サイドをつなごうという男たちが現れた。河合良成（かわいよしなり）（後に小松製作所社長）永野護（後、戦後の岸内閣の運輸大臣等々を歴任）である。二人は読売新聞経営で苦境に立った正力松太郎（しょうりきまつたろう）を救おうと、帝人株の仲介をする事を思い立ち、買い方として、親しかった小林中（あたる）に話し、機関投資家のまとめ役を依頼した。小林は快諾してその人脈を生かし機関投資家を多く連れて来てその仲介を成立させた。初回は十万株の出来高だったと言う。河合と永野はその仲介手数料を正力に渡したと言う。そこに何の違法性も意図もない。彼らが売買を成立させた後、たまたま市場価格が上がったため、買った機関投資家は喜んだし売った台湾銀行も満足した。帝人も流動性が増したのだから満足でない訳がない。

しかし、値上がりがわかっていてやったのではないかと時事新報が騒ぎ立てた。さらに検察は台湾銀行、帝人、河合、永野等が共謀して値上がり益を取ろうとしたと言いだした。加えて売買を成立させるために政財界へ賄賂を贈り、便宜を図ってもらったと言い出した。配った賄賂は帝人株であると言う。何の根拠もない言いがかりだったが、筋を読んだ検察は台湾銀行、帝人等に家宅捜索に入り、河合や永野達、関係者を逮捕した。逮捕すれば拷問に近い責め苦をする。心を折って自白させるわけである。

考えてみれば成立した十万株は台湾銀行の金庫から出て機関投資家の金庫へ渡ったわけで賄賂に使えるはずもない。検察は帝人の高木社長と部下を追い詰めて、千三百株賄賂を渡したと自白させた。だが、その千三百株がどこから出て来たかを解明しないと話が繋がらない。そうしていると別の検事が、十万株ではなく取り消しが五千株あってそれは富国徴兵保険の金庫に戻されたと言う証言を取って来た。俄然、話が繋がった。中（あたる）が、その五千株の内千三百株を秘かに持ち出して賄賂として政財界に配り、その後、市場で秘かに買い戻して富国徴兵保険の金庫へ入れなおしたという筋書きである。買い方のまとめ役であった中が主犯格になった瞬間だった。中は逮捕され連日の責め苦を味わった。心を折られ不衛生の牢獄で黄疸を患い、自白はしなかったが遺書を書いて自殺を考えた。

これほど酷いでっち上げは史上まれであると言われたが、中だけでなく、関係者十六人も同様の責め苦にあった。多くは自白をして罪を認めた。中は半年頑張った。頑張ったが、これ以上やると死ぬと判断されて釈放された。

裁判が始まった。多くの自白したはずの人も含めて、すべての被告人が無罪を主張した。嘉一郎は自分から志願して、弁護士側の証人になり証言台に立った。満席の傍聴席が後ろにあって、正面に裁判長の席が一段高くあった。その裁判長席と向かい合う場所に嘉一郎は立った。嘉一郎から見て左手に弁護団席、右手に検事団席。弁護団席の前の長椅子に中が座っていた。

中の横には警備の人間が付いていた。瞬間、嘉一郎は検察に対して怒りが込み上げてきた。弁護人の代表が立って質問が始まった。嘉一郎が衆議院議員で根津財閥の総帥であり、富国徴兵保険も彼が創始したと付け加えた。

「根津さん。被告人との関係を説明してください」

「小林君は私の大切な部下の一人で会社群全般の経営戦略を担ってきました。富国徴兵保険の財務部門にも籍を置いています」

「枢要な位置にいる人だったわけですね」

「その通りです。かけがえのない人材です」

「今回の事件についてどう感じられましたか」

「どう感じるも何も、検察の訴状を読みましたよ。争点は小林君が富国徴兵保険にあった帝人株券を密かに持ち出して賄賂として配ったと言う」

「はい」

「そして秘かに市場で同じ株数を買いつけて、これもまた秘かに富国徴兵保険の金庫に戻したと言う」

「はい」

「弁護士さんにお聞きしたいが、株券を持ち出したり戻したりするには記録があるはずだが、それはありましたか」

「ないですね。検察側からこれから出てくれば別ですが」

「それから市場で買い戻したと言うのだから、買った方と受けた証券会社の双方に売買記録が残るはずだ。私は部下に言ってその期間の売買記録を調べさせた。小林君が仕事で使っている証券会社全社を調べたが、どこにもない。もしもの時も考慮して、小林君は使わないが、部下だけが使っている証券会社への発注も調べさせた。どこにもなかった。帝人株千三百株の売買記録などどこにもないのです」

検察から手が上がった。

「社内の出入り業者以外もあるはずだが」

「検事さん。それはあるにはあるよ。しかし検察の訴状には密かに買い戻したとある。見つかると困るからね。富国徴兵保険は、これでも大手機関投資家だよ。出入りしている証券会社も大から小まで十数社ある。それ以外の証券会社は仲介だけの会社だよ。誰かにつなぐしかないから密かにやることは不可能になってしまう。仲介でない証券会社で当社に出入りしていない証券会社はないとは言えないが、そんな弱小の証券会社に帝人株千三百株がひそかに扱えるのかね？それよりあんた調べたんだろう？どうなのかね」

裁判長が検察に促した。異例の事だった。

「我々の調べたところではありませんでした」

「これで帝人株千三百株は空中楼閣のような存在になった。どこにもない帝人株が突然現れて賄賂になった。これはどういうことかね」

無論検事は黙っていた。

「導ける結論はただ一つ。検察のでっち上げということだよ」

「異議あり！」

嘉一郎は叫んだ検察を睨みつけ、謝罪もしなかった。しばらくして証言が始まった。弁護側はまた尋問を始めた。

「今度は被告人の家庭環境その他についてお話を願います」

「小林家と言うのは山梨の方では破格な金持ちでね。大土地長者とでも言うべきか。だから金にはまったく困っていない家だよ。そういう男がわずかの金目当てで株券を持ち出したりするものか。それにな。小林君は生粋の甲州人だよ。甲州人は命よりも誇りを大切にするんだ。小林君が金を受け取って犯罪に加担することなどありえないことなんだ」

尋問が終わったが、検事は反論をしなかった。嘉一郎は改めて裁判長の方を向いて
「一言だけつけ加えさせて頂きたい。よろしいか」

裁判長が頷く。

「小林君は牢屋に入れられている時も手錠をさせられていたらしい。暴れるとか反省が足りないという名目で。取り調べも朝から晩まで同じことを耳元でがなられたり、椅子を蹴られたり机を叩かれたり。長時間立たされたり。精神的に参らせるためにね」

嘉一郎は怒りを抑えるのに呼吸を整えた。

「裁判長。私は衆議院議員を拝命している。アメリカにも視察に行ったこともある。このような取り調べでの蛮行を今まで聞いたこともない。わが日本は法治国家ではないのか。心を折って自白を強要するのは罪である。そうではないか」

そこまで言って、これくらいで止めるべきだと思った。本当は、法相の平沼麒一郎に忖度して（平沼はこの事件を使って倒閣運動をした）疑獄事件をでっち上げたのだろうと大声で言いたかったが、小林の弁護をしているのだから逆効果にならないとも限らない。

しかし、怒りが収まらず検察の方を向いて
「君たちは、恥を知れ！」

と怒鳴って退廷した。

判決が下って、被告人十六人が全員無罪になった。それだけでなく裁判長は付け加えた。罪のあるなしではない。罪そのものが無かったのだと。検察のでっち上げを判決で認めたのだ。

中（あたる）は戻って来て嘉一郎のかばん持ちに復帰した。嘉一郎との関係は元に戻った。嘉一郎は怒ると中（あたる）に対して物は投げるし椅子まで投げた。中（あたる）は自分が正しいと信じた時は引かなかった。投げられる鉛筆や筆箱、椅子さえかいくぐって前へ出た。中（あたる）は牢屋に入れられ、刑事被告人として世間の指弾を浴びた時の嘉一郎の温かい振舞を覚えていた。前から感じていたが、この人は世間が言っている人とは全く違い、義侠の人だと。中（あたる）の立場がどう変わろうと、嘉一郎の中（あたる）への信頼は揺るがない。一度信じれば世間の声など関係のない人なのだ。嘉一郎に対する報恩の思いが今も溢れてはいるが、中（あたる）が言葉に出す事はなかった。そして表面上は二人の関係は変わらなかった。やがて中（あたる）は富国徴兵保険の専務になった。

富国徴兵保険の専務になっても、嘉一郎は中（あたる）をかばん持ちでこき使った。高野山鉄道を買収する時も同伴させた。嘉一郎のその交渉の上手さや駆け引きの巧みさは誰の追随も許さなかった。本当は何を考えているのかさえ、側にいる中(あたる)にもわからないことがあった。閑になると古美術商や骨董屋をまわった。中(あたる)も満更でもなく自信も芽生えていたから、嘉一郎に隠れて掘り出し物と信じて買ったりした。

「お前は自分の眼力に自信があるのか」

「ありませんね」

「それじゃあ買えないだろう」

「買う前に必ず学者の鑑定書を入れさせます」

「それから買うのか」

「偽物を掴(つか)まされることはありませんからね」

嘉一郎は、さも軽蔑したように嘲笑った。

「そんな事ではこの道の名人上手には成れないね」

「はあ」

「わたしは学者の鑑定書など信じていない。何やら物知りめいて偉そうに言うが、本当は何もわかっていない。命を賭けて骨董を買ったことが無いからだよ。骨董といい古美術というのは、己の眼力を鍛えることでしかわからないものだ。騙(だま)されるのも勉強なのだ。

もっとも、俺は騙されることは近頃無くなったがね」

「そうですか。それでも私は鑑定書を入れさせますよ。安眠出来ますから」

「ふん」


その中(あたる)がある日やって来た。

毎日顔を合わせているのだからわかるのだが、中(あたる)が特別な話がある時は声の調子が違う。

「何だ。何か面白い話でもあるのか」

「今日、ある会合で東急の五島慶太と会いましてね」

「評判の悪い男だ」

「強盗慶太ですか」

「官僚上がりの傲慢さが顔に出ている。あいつが事業乗っ取りでうまく行かないのは、そういう傲慢さが目に見えるからだ」

どうも気に入らないみたいだ。止めようかと思ったが、報告を終えないわけには行かなかった。

「向こうの鉄道二つほどと当社の鉄道を二つほど合併させたら面白いと思いました。何も東武鉄道をそうしろとは言いません。事の初めに小さな電鉄を二つほど選んでやってみてはどうかと」

「五島は乗って来ると言ったのか」

「具体的には話していませんが、きちっと話せば乗ってきます。双方に利便があって乗客のためにもなることですから」

「ふーん」

嘉一郎は考えた。合併は巨富を生み出す。それが嘉一郎の経験に基づく信念だ。食指が動きそうになったが自制した。

「あいつは新会社の社長をやらせろと言うだろうな」

「言いますね」

「やらせるのか」

「はい。餌がないと乗ってきませんからね」

嘉一郎の事業感覚では、この話が現実なら乗って損はない。しかし嘉一郎は躊躇っていた。彼はあと二年で八十になる。人には言わないが体の衰えは酷いものがあった。一部とはいえ東急電鉄との合併の様な大仕事を乗り切れるかはわからなかった。その躊躇いを中は五島に乗っ取られる不安と取った。

「東京市街鉄道の雨宮さんとは仲が良かったのですか」

「天下の雨敬か」

「はい」

「一々大げさな男でな。往生したよ。好きか嫌いかで言えばあまり好きではなかったな」

「それでも東京電気鉄道と合併させようとしたんでしょ」

「まあな。うまく行かなかったがな」

「あまりお好きでない五島とも今度はきっとうまく行きますよ」

「よし。交渉を始めて良い。但し最終決断は俺が下す。言質を取られるな」

そう言って中(あたる)を交渉役に指名したが、嘉一郎の健康は急速に悪化した。無理をした南米行きがそれに拍車をかけた。交渉は乗り上げ、戦争が始まって、双方それ所ではなくなった。中(あたる)が五島と再会するのは戦後で別の案件になった。

第六章 山川健次郎

白虎隊

山川健次郎は嘉永六年（一八五三年）会津で生まれた。翌嘉永七年は日米和親条約が結ばれて国が開かれた年である。嘉一郎より六歳年上であった。彼が会津に生まれたことが、彼の一生を大きく決めた。彼は後に米国に留学し、米国で初めて学位を取った日本人になった。帰って来て苦労したが、東大の学長になり、やがて総長になった。しかし彼は西欧文化の礼賛者にならなかった。むしろ会津藩の教育を世に伝えようとした。

一方、嘉一郎は激越な競争に勝ち続けながら、飽き足らないものをずっと感じていた。奔流のように彼の下に流れ込む富を抱えて年を取るのかと言うことだった。この莫大な富を意味のあるものにするにはどうするかと言うことである。

そして二人は出会い、肝胆相照らす関係になった。それから武蔵学園と言う中高一貫の高校が出来、山川校長の誕生になるのだが、話を急ぎ過ぎた。

話を幕末の会津に戻そう。

山川健次郎は十二人兄妹の三男として生まれた。九歳年上の兄を山川浩と言い、会津の攻防戦の巧みさを買われて板垣退助の参謀になり、後に陸軍少将になった。兄が攻防戦の総督を務めたのはその能力もあるが、健次郎の家が家老の家柄であった事にもよった。二人いる妹の一人、捨松（すてまつ）は米国に留学した後、大山巌（いわお）夫人になった。大山は旧薩摩藩士で、参謀総長や陸軍大臣、文部大臣を務めた人物。

会津藩の藩校は日新館と呼ばれていた。会津藩の教育は階級に基づいて上士、中士、下士に分け、それぞれ別々に教育されていた。上士は必修すべき科目があらかじめ決められていた。将来、藩を担うので教育も厳しかった。上士は八組に分けられていて、組を中心にして行動した。健次郎は二之丁組に入れられた。同じ組に八十七人がいた。組単位で行動するので他の組とは交流も少なく疎遠であった。八十七人は年齢によって治められていた。十七、十八歳で長に当たる者が皆の前に出て訓戒（くんかい）を垂れた。

「喧嘩をしたら負けるな」

残りの者は額を板の間につけてお辞儀をする。

「年長者の言うことを聞け」

また、全員、お辞儀をする。

「毎日、集まりに出て来い」

又、深々とお辞儀をする。普段は、それで終わるのだが、不心得者があって訓戒に反した場合は叱るか罰を与えた。日新館に入る前の七歳から十歳の子供達も、寺子屋でそれをやるか当番の家でそれをやった。違反者に対しては体罰も加えられたろうが、よほどの事がない限り、藩も家も口出しをしなかった。自治のようなものだったからである。

月に一度、入学している者と入学前の者が会合を持ち、年上の者が訓戒を垂れた。十四五才になると夜でも集合がかかった。子供の組は階級で分けられていないので年長かそうで無いかで立ち位置が決まった。階級が下の者でも、門閥の家老の息子に命令し訓戒を垂れた。それを守らなければ罰せられた。打擲（ちょうちゃく）を加えることもあった。

日新館の授業は下級を素読所、上級を大学と称していた。いずれも四書、五経、孝経と呼ばれるもので上に行くほど難しくなる。小学、十八史略、蒙求（もうきゅう）など段階が上がって行くが、健次郎は抜群の成績で進級した。体が強い方ではなく武芸のことでは劣っていたが、あまりにも学問が優れていたため侮られることはなかった。会津藩では成績芳しからざる者は家禄を世襲できても役につけなかったから、皆必死だった。数学や歴史は科目の中になかった。その代わり、本を読むことが奨励された。

順調に年齢を重ねて十五歳になった時、藩内が不穏になった。京都守護職で京都まで赴任していた藩主松平容保が帰って来たのだ。その内、日新館の授業が無くなり、軍制が変更された。長年、藩を指導してきた長沼流が廃止され洋式軍隊に変わると言う。会津藩は年齢別に藩士を再編成し十五才から十七歳までを白虎隊、十八歳から三十五歳までを朱雀隊、三十六歳から四十九歳までを青龍隊、五十歳以上を玄武隊と呼んだ。朱雀隊が精鋭で青龍隊は国境警備、白虎隊と玄武隊は予備部隊である。健次郎は十五歳になっていたから当初は白虎隊士中二番隊に編入されたが、銃器を扱うには小さすぎると言うことになって白虎隊を外された。十六歳から採用するとなったのだが、除隊を恥とする文化の中で己を律してきた健次郎は悔しかった。十五歳でも体格が大きく年齢を偽るものが採用されたりしたからだ。実際のところは体格が戦闘には未熟であるとして年齢を延ばしたほかに、藩としては健次郎をフランスに留学させてやろうと思っていた節がある。四方に敵が迫っている時になお若者に機会を与えようとしたのだ。会津藩の懐は深い。

明治元年八月二十三日（一八六八年）城が囲まれ、敵が押し寄せてきた。白虎隊へ復帰した健次郎は三の丸の守りについた。銃眼から覗くと韮山笠を被りライフル銃を手に持った敵兵がじわじわと這い上って来た。やがて激しい銃撃音と共に敵の喚声が聞こえた。

「白虎隊は門の後ろに集まって控えよ！」

その間も銃撃が門や石垣に跳ね返る音が聞こえた。健次郎は仲間と共に走った。既に、健次郎が除隊した時の白虎隊幹部は自害するか負傷して後方へ送られている。彼が一緒に育った仲間も多く死んだ。

「門を開ければ真っすぐに駆け下るだけだ。固まればライフル銃に狙われる。わかるな。十分に散開して走れ！敵を突き崩すのだ！」

「おう！」

健次郎は仲間の怒号に呼応した。洋装の軍装だが、会津兵はライフル銃が不足していた。健次郎は貧弱な胴丸に長刀を持っただけだった。

やがて金属音と木のきしむ音がして門が開いた。

門の後ろに控えていた白虎隊は、喚声と共に走った。健次郎も喉の奥から声を出しながら攻め下った。銃声と擦過音がしたが、構わず走った。緊張と恐怖で目も眩み訳が分からなかったが、ひたすら前を走る味方を追いかけた。長刀を握った手が緊張で離れなくなっていた。どれくらい時が経ったかわからないが、敵を追い落としたらしい。

「引き鐘じゃ！戻れ！」

怒号があって、白虎隊が粛々と門へ戻り始めた。

勝った、勝ったと囁く声がした。門の中に駆け入り門が金属音と共に閉じられると、健次郎は初めて蘇生の思いがした。自分が見苦しくなかったかを反芻した。彼が属した二の丁組の何人かは既に死んでいた。死に遅れた健次郎は自責の念に苛まれ、自分も恥ずかしくない死にざまで跡を追わなければと思っていた。

一度後退したかに見えた敵がいつのまにか戻って来て、前よりも重層な陣を敷いた。今度は引かないかもしれなかった。ライフル銃と銃弾の補充もない白虎隊は待ち構える弾幕の中へ槍と長刀で突撃するしかない。


初陣でまわりが見えるようになった健次郎は、攻め下った最初の攻撃に敵がやすやすと引いたのは様子を見ただけだとわかって来た。今度は同じようには行かない。

会津藩の教育はつまるところ、廉恥と勇気である。健次郎は先に逝った仲間に恥ずかしくない死にざまを見せなければならない。

夜になった。大篝火が門の後ろに焚かれ、警備の兵は除いて白虎隊はその周りにごろ寝をした。夜の糧食と水が配られた。

翌日の攻撃はなかった。時々、城内から外へ打ち込まれる大砲の音がするが、散発的で敵にどれくらい効果があるかわからなかった。やがて降伏交渉をしているらしいと言う噂が立った。死ぬまで戦うべきと言う激論は起こらなかった。誰が見ても戦うべき弾薬もライフルもないからだ。糧食はまだ配られていたが次第に減り始めていた。あと一月で飢えが始まるかもしれない。九月二十三日、開城が決まった。藩主松平容保は寺で謹慎、藩士一同は猪苗代に退去と決まった。猪苗代に退去する藩士の中に健次郎もいた。

密使

会津藩の教育はつまるところ、廉恥と勇気を養うことであると前述した。その廉恥と勇気が向かう所は忠君と愛国である。忠君とは会津公—殿さまへの忠誠であり、愛国とは会津藩の風土、民衆、世俗全てである。

猪苗代に逼塞させられた会津藩士は、外出を禁止され監視の対象になっていたが、ある日健次郎は軍事方の水島純に呼ばれた。部屋に入ると既に四人の同年輩の男達がいた。柴四朗、赤羽四郎、高木盛之輔、原三郎である。

柴四朗は後に西南戦争に従軍、その後三菱岩崎家の援助を受けてアメリカに留学、ペンシルバニア大学を卒業した。一時、小説家になった。さらに後年、健次郎と共に会津に図書館を建築する運動にまい進する。

高木盛之輔は西南戦争に従軍後、検察官になった。

赤羽四郎は後、外交官になって日露戦争の時スペイン公使になった。

水島は五人を前にして厳かに言った。

「殿さまが城外の妙国寺に幽閉されていることは知っていよう」

五人は頷く。

「聞くところではその警戒がますます厳しくなったそうだ。憂慮すべき事態と言う認識だ。そこでお前達五人は間道を抜け、西軍の陣地に行き、しかるべき人間と会って真偽のほどを確かめて貫いたい」

五人は黙って頷く。

「西軍の大将は有栖川宮殿下で、殿の忠誠はわかっておられるはず。仮に有栖川宮に会えなくとも西軍の参謀は土佐藩の板垣退助殿である。土佐藩は公武合体の家柄だからお前達に理不尽な振舞はしないはずだ」

五人は緊張で身を固めた。

「すべての事はお前達の一存でやってもらいたい。西軍が藩を咎めてきたら、こちらは知らないと応える」

五人は沈黙した。

「万が一とは思うがお前達の命も相手次第と心得てくれ」

無茶な事を言うなとは、健次郎は思わなかった。

「行ってくれるか」

五人は膝を進めた。そして諾（だく）と応えた。

猪苗代に閉じ込めたということは、猪苗代に通ずる幹線道路に警備の兵を置いて通交を遮断するということだが、間道までは閉じられない。地の利を得ている五人は草をかき分け林に分け入って官軍のいる若松にたどり着いた。

「藩侯の安否を尋ねるため参謀にお会いしたい」と言って頭を下げた。有栖川宮と板垣退助は不在であったため伴中吉が代わりに出て来た。水島と伴は旧知であった。伴は五人がそれぞれ訴えるのを聞いていたが威儀を正してこう言った。

「猪苗代から無断で出るものは厳罰に処すと通達しているはずだ。それは聞いているのか」

高木盛之輔が膝を進めた。五人は地面に正座をさせられている。まわりに警護の兵が数名いた。

「もとより承知しています」

「誰かに命令されてきたのか」

「我々の一存です」

今度は赤羽四郎が膝を進めた。

「我々は殿様の安否を確認したいのです。殿の警護が厳しくなったと聞きました」

「そのような事に応えるわけには行かぬ。ただし警備を厳しくしているのは会津公の安全を守るためだ。他意はない」

さらに五人が膝を進めようとした時、手を挙げて制した。

「お前達はもう帰れ。兵隊に送り届けさせる。猪苗代まで送り届けて、お前達を厳罰に処せと命令する」

取り囲んでいた兵士達が側に立った。ふと思いついたのか、伴は兵士達を制した。そして視線を健次郎に漂わせて言った。

「山川と言ったか」

「はい」

「山川浩は親戚か何かか？」

「兄であります」

「そうか。お前の兄は戦上手だな。俺は危うく死ぬところであった」

「恐れ入ります」

好意的な言い方だった。五人は兵士達に護送されて猪苗代まで戻った。会談の報告を聞いていた水島は、伴が正直に言うとは思っていなかったが、殿さまは無事であると確信を持った。水島は五人を厳罰に処すと言って、フランス語の教師をつけた。論功行賞のつもりであったろう。

米国留学、東大総長、そして嘉一郎と会う

健次郎は十八歳の時、政府の米国留学生に選ばれ、苦学してイェール大学に入りそこを卒業した。フランス語はわずかに習ってはいたが英語には馴染みもない。入ると言っても、言葉が通じなければどうすることも出来なかった。さらに貧困が追い打ちをかけた。ギリギリできていたから食事を削ることしかなかった。飢えと戦いながら言葉を理解するしかなかった。

後に、自分は飯のことで文句を言ったことが一度もないと述懐したというが、それはこの時のどん底の体験から来ている。頑張るうちに言葉にも慣れ、数学にも慣れてきた。密使として五人選ばれたうちの一人、赤羽四郎とそこで再会した。日本からは帰れと言ってくるし金はまわらなくなるしで、ついに断念するしかないかと思った時、アメリカ人の篤志家が現れて日本人である彼を助けてくれた。健次郎はイェール大学を卒業して物理学の学位を取って帰国した。すぐさま東大の助教授になり教授になった。教授時代の名講義は話題になった。瘦身長軀（そうしんちょうく）、眼光炯々（けいけい）、教壇を歩き回り大声でしゃべった。教える生徒はそれほど多くなかったが、一度授業が始まると情熱がほと走った。物理の実験になると態度

が変わり、生徒の発想を自由にして任せた。

やがて学部長になり、そして東大総長になった。学問と言われる世界で頂点に立ったのである。東大総長の上は文部大臣しかいない。研究の世界ではなく政治の世界である。教科書の検定の総責任者にもなった。すると北朝は無かったかのような教科書が出て来る。その通りだ、南朝こそ今上陛下に連なるものだと賛成する者が出てくる。健次郎は歴史上の事は好き嫌いで抹殺出来ないとその教科書を差し戻すが、文部省が介入してくる。

東大の教授が連名でロシアと早く開戦しろと主張して桂首相を激怒させ、文部省が健次郎に関連の教授を処分しろと迫る。健次郎は教授達を守ろうとして妥協案を出すが、教授達が強硬で辞表を叩きつけて来る。

健次郎は辞表を出して辞めたりするが又乞われて戻ったりした。好きな研究や授業は出来なくなって久しい。自分がやりたかったのはこのような事ではないと叫びたかったろうが、謹直でまじめな健次郎は任務と思えば地位に留まった。定年になった。既に男爵になって東大総長の声望は世を蓋(おお)っている。しかし健次郎は全く満足できなかった。健次郎は米国で四年半暮らしていたから西欧文明の巨大さは誰から教わるでもなく理解していた。しかし日本人を教育していく基本が西欧文明だとは思わなかった。彼が思い出すのは会津の教育だった。彼が体験した日新館の毎日が甘美な思い出になっていた。

「喧嘩をしたら負けるな」

「年長者の言う事を聞け」

「毎日集まりに出て来い」

目をつぶれば若い頃の仲間の集まりが蘇る。それを薩摩が陰謀で会津藩に難癖をつけ朝敵の汚名を着せた。会津藩ほど勤王の藩は無いと言いたかった。孝明天皇は会津藩を信頼し、その種の書簡すら残している。


ある講演会の講師になって健次郎は観衆の前に立った。話題が会津の事になった。会津人の苦難が思い出されて、健次郎は次の言葉が出て来なくなった。滂沱となって涙がこぼれ落ち、立ち尽くした。そして世話役に抱えられ壇上から降りた。

同じ時期、それは大正四年（一九一五年）、五年（一九一六年）頃になるが、嘉一郎は麦酒の消耗戦を戦いながら、日本の教育制度はこのままで良いのかと考え続けていた。西欧一本槍で良いわけがないと感じていた。それは膨大な量で流れ込む富の分配をどうするかと言う問題でもあった。

嘉一郎自身は、寺子屋しか出ていないし、しかもそれをまじめにやった記憶もない。江戸に出て私塾にも入ったが、大きな影響を受けたと言う記憶もなかった。嘉一郎自身は誰の影響も受けないが、国家や国民への教育となると話が違う。西欧一辺倒の教育が行われているからだ。

嘉一郎は正田と宮島を呼んだ。頼りになるのは結局この二人だからだ。

「お呼びでしょうか」

「よく来てくれた。学校を作りたいんだ」

二人は驚いたが次を促した。二人とも賛成だからだ。嘉一郎は滔々と自説を展開して二人の反応を見た。つまらない話なら二人とも割って入って止めるが、黙って聞いている。

「お話から察すると新しい学校ですね」

「そうなるな」

二人は次々と名前を上げた。設立の委員会のようなものを作って計画案をまとめる必要があると言う。二人の人脈の広さを再認識した。その人脈の中に山川健次郎がいた。嘉一郎には面識はなかったが元東大総長の名前は知っていた。大きな問題が起きるたびに、彼の名前が挙がったからだ。結局、上がった名前のところを嘉一郎が訪問して委員就任を要請しようとなった。

訪問しようとした矢先、当の健次郎が伺いたいと言ってきた、会津を嘉一郎が訪れた際、白虎隊の遺跡が傷んでいたから、私財を出して修復を依頼したことがあった。それを聞いて礼を言いたいと訪ねて来ると言う。

嘉一郎はちょうど会おうとしていたから、健次郎を待っていた。この時、健次郎は定年後の事だから六十二歳。嘉一郎は五十六歳。心身ともにあり余るほどの気力、体力があった。二人は嘉一郎の東武鉄道の銀座本社で会った。健次郎は嘉一郎から見てやせていた。

「わずかの事でお礼を言われるのは恐縮です」

「あの金額をわずかの金額とは言いませんよ。お礼を言わないわけには行きません。会津の人間と白虎隊を代表してお礼を言わせてください」

健次郎は立ち上がり深々とお辞儀をした。当然、嘉一郎も立ち上がってお辞儀を返した。再び席について嘉一郎が切り出した。

「白虎隊におられたとか伺いました」

演壇で白虎隊の事に触れただけで感極まって講演を続けられなくなった男である。既に体が熱くなっている。

「おりました」

「数少ない生き残りとか」

「死に遅れです」

この人は世に言われる厳めしい東大の先生ではないと思った。既に涙ぐんでいるように見える健次郎を見て、これ以上白虎隊に触れるのは止めることにした。健次郎は嘉一郎がもっとも好む型の人間である。

「時に先生」

「山川と呼んでください」

「では山川さん」

「はい」

「私は新しい学校を作ろうと思っています。日本の教育に一石を投じたいのです」

「なるほど」

「山川さん。その教育で最も必要な科目と言うか教えるべき事は何ですか」

「科目で言えば数学と英語ですよ」

「数学の理由は」

「根津さんは米国を訪問したことは」

「実業代表として五十人ほどとアメリカを一周しました」

「そうですか。であればお分かりと思うが、彼らの文明と言うか力の基礎は数学です。物理学と言い直しても良い。私も米国に留学した時、太平洋の真ん中で船員が日本へ手紙を出したい奴は今の内に書いておけ。日本へ帰る船とすれ違うからと言うのです。この太平洋の真ん中で示し合わせて日本へ帰る船とすれ違うなど出来るはずもないと思いました。それがしばらくすると来るではありませんか。腰を抜かした記憶がありますよ。それはすべて計算、すべて数学が基礎なのです」

「なるほど」

「江戸の半ば、関孝和（たかかず）と言う数学者がいて、この人はニュートンやライプニッツに匹敵、いやそれ以上の人でした。幕末にフランスのシャノワーヌ大尉が幕府に招かれて軍事顧問でやって来た時に、驚いたといいます。幕府の歩兵が弾道学を既に理解していると。日本人には数学の基礎があったのです」

「ほう」

「だから彼らの文明をすぐに取り入れることが出来た。ただし」

「ただし？」

「数学の進歩は日進月歩です。油断していると取り残される」

「英語と言うのは？」

「それは彼らと交渉するためですよ。英語とフランス語だと言いますが、英語ですよ。アメリカと英国が強大国で、幕府が負けたのもフランスと組んだからだった。戦争をするなら米国と英国と組むべきだった」

「ほう」

「根津さん。国際会議では数多くの分科会があります。その会議に出席出来て堂々と英語で渡り合える人材は日本には少なく見積もって十人。多く見積もっても二十人ほどしかいないのです。では残りの分科会には日本は出ることすら出来ない。これでどうして日本の国益が守れますか。何が話し合われているかも知らないのだから、どうにもなりません」

「うーん」

「だからフランス語ではなく、英語に堪能でなければどうにもならないのです」

無念の思いが蘇ったのか、健次郎はしばらく息を整えた。

「英語教育について言えば、今の教育のやり方はでたらめですね」

「ほう」

「英語の授業を文法と読解と英作文に分けて英語を複雑にしている。英語は言葉に過ぎません。ひたすら英語を難解にしているだけで英語を恐れさせるには十分だが、英語を使って欧米の人間と交渉することなど出来はしない」


話が長くなりそうだから、嘉一郎は話題を少し変えた。

「科目はそれくらいにして、学校を貫く哲学とか理念と言えば、何だろうか」

「哲学ですか？」

「はい」

「それは徳育ですよ」

「おお！」

「欧米人とは伍して行かなければならないが、その真似をする必要などない。日本人の善良さはどの国にもないものだ。この善良さを高め維持することが教育です」

言葉が次々と発せられ、それが嘉一郎の琴線に触れた。私財を投げうってやろうとする教育とはこれだったのかと思った。しかし、嘉一郎の凄まじい前半生は、健次郎の言うことを理解しながら、釈然としないものがあった。

「江戸期三百年近い間、幕府の役人に大きな賄賂は無かった。なぜなら経世済民の思いが溢れていたからだ。今は、どうです？」

言われて嘉一郎は思い当たることが多い。

「薩摩と長州は武力で政権を握った。だからいざとなれば、刀を抜くだけしかできない。徳のある振る舞いも出来ない」

「ほう」

「根津さん。なぜ幕府は英国と組まなかったと思われますか」

「フランスと組んだのでは」

「米国が南北戦争で対外政策が出来なくなってしまったために、米国と組むのをあきらめた。幕府は仕方なくフランスと組んだ。米国と組んでいたら勝つべくして勝っていた。英国と組まなかった理由はアヘンですよ」

「なんと」

「英国は国際収支を黒字にするためにアヘンをシナに持ち込んでシナ人の体を蝕んだ。

そしてアヘンを焼いた清の官僚を攻撃して戦争を起こした。これが人間のすることか。幕府は怒り、怖れ、英国とは組まなかった。その隙を薩長に突かれた」

「初めて聞きました」

「江戸期三百年の間、庶民は寺子屋で、武士は藩校や学問所で、進んでは私塾で学んでいた。教えの根本は儒教だが、それは徳育と言っても良い。だから根津さんの学校もそのためでなければなりません」

健次郎が言っていることは大いに共鳴するものがある。教育が西洋一辺倒で日本人の善良な特質を阻害しているように思えてならないからだ。徳育こそ教育の本質だ。しかし。

「何かご懸念がありますか」

健次郎が反応の芳しくない嘉一郎を見て言った。

「山川さん。確かに英語を自在に使って国益を守るために、欧米人と渡り合うのは必要だ。数学もそうだ。さらに、徳育がなければ日本人を日本人たらしめている物が無くなってしまう。しかし最も必要なものはそれではないと思う」

「ほう」

健次郎は驚いた。どんな教育論が出て来るのかと思ったのだ。

「根津さん。それは何ですか」

「奮闘努力することですよ。奮闘努力し続けることですよ」

健次郎は虚を突かれた。考えたこともなかったからだ。そしてアメリカ時代を思い出した。アメリカ生活に慣れてきたころ、窮迫していたから生き延びるためには、食を切り詰めるしかなくなった。日本からは早く帰って来いと催促が来た。しかし帰れば折角の留学生活が中途で終わり、築き上げた経験が無になってしまう。学位もあきらめなければならない。健次郎は必死に勉強をして、腹が減れば水を飲んで我慢した。飢えに苦しみながら三度の食事を減らして勉強した。この貧窮生活は篤志家が現れて資金援助してくれるまで続いた。

(あの頃は奮闘努力をしていた。私の奮闘努力を篤志家が見てくれていた)

「根津さん。あなたの言うことはもっともだ。教育の基本は各人が強い意志を持って、奮闘努力することだ。これを基本としよう」

健次郎の意見を聞いていて嘉一郎は驚いていた。健次郎は自説にこだわらず、嘉一郎の説を取った。仮にも教育界の最高峰にいた人である。単なる実業家の嘉一郎の意見で柔軟に考え方を変えて見せたのだ。柔軟で清新で自説を撤回する勇気をもって。

（わたしは、この人に会うのが遅すぎたな）

嘉一郎は感激し設立準備委員会の委員として参加して欲しいと訴えた。無論、健次郎に否は無かった。大正四年（一九一五年）ごろからその委員会が開かれ、三年後には結論が出ていた。政府が考えている七年制の制度導入に合わせて中高一貫の七年制の学校を作ると言うことである。根津の素案が議論で練（ね）られ結論になった。さらにこの学校を出た学生は無試験で帝大に入れると言う特典もついた。

一木喜徳郎（いちききとくろう）、岡田良平（おかだりょうへい）、山川健次郎、北条時敬（ほうじょうときゆき）等が集まった上での結論だった。

一木喜徳郎はこの当時、枢密（すうみつ）顧問官、後に枢密院議長、宮内大臣、男爵。岡田良平は元京都帝大総長、この当時、文部大臣。後に東洋大学学長。枢密顧問官。北条時敬はこの当時、東北帝大総長、学習院長。後、貴族院議員、宮中顧問官。

この四人を宮島経由で嘉一郎に教えたのが平田東助であった。

平田は法務官僚上がりで元農商務大臣、政治力があって山縣有朋（やまがたありとも）に近く、後に元老会議から首相に推挙されたが断っている。内務大臣を務め、伯爵にもなった。

武蔵学園（旧制武蔵高等学校）の設立

大正十年（一九二一年）九月、旧制武蔵高等学校が設立された。雄大な武蔵平野の一角に財団法人根津育英会が教育のための寄付金三百六十万円を募って始まった。敷地は二万五千坪だった。校舎はセセッションと呼ばれる機能的な建築で左右に翼を張っているように見えた。

中高一貫の七年生と言うことは、設立時の募集は、中学一年生だけが募集されることだと言う。普通、中学と高校で当時は八年かかったから、七年は父母たちにとっては財政的に魅力だった。だから三千人が応募した。

しかし、方針として国際社会で充分に伍する人材を求めていたのだから、厳選した。わずか合格者八十四人。一流の教師に外人教師も加えて八十四人では大赤字だが、さらに卒業時には三十四人だったと言う。授業の厳しさに半分がついて行けなかったのである。毎年それくらいだから事業として成り立つはずがない。大赤字の補填は寄付金を募るが、それでは埋められないから嘉一郎の所へ来る。嘉一郎は平然として私財で埋め続けた。「育英報国」を信念とする嘉一郎は、そういうものだと思っていたはずだ。

建設中の旧制校舎

第 1 回入学式（集合写真）

「資料提供：武蔵学園記念室」

嘉一郎はこの時、激烈な麦酒戦争を指導していて銀行からの借金もあった。しかし敢然として私財を投入した。教育を再構築して世のために尽くすと言う信念を持っていたからだ。その信念は渡米実業団の代表の一人としてアメリカを回り、ロックフェラーと会った事で正当化されていた。

渡米実業団が総員五十一名でアメリカに出発したのが明治四十二年八月十九日（一九〇九年）だった。団長は渋沢栄一で後に嘉一郎と麦酒戦争を戦う馬越恭平も同船していた。よほどのことがない限りこの五十一名が集団でアメリカの各都市を周るのである。九月一日、一行は最初の都市シアトルに入って大歓迎を受けた。

『根津翁伝』によれば、旅行の記録は詳細に渡るが、日記風であり何か余程の事があったわけではない。歓迎、ランチもしくはディナー、双方の挨拶、工場見学等と同じ様な事が記されている。日付と都市の名前が変わるので北から南へ、東から西へ移動したのがわかるくらいだ。そして十月二日。嘉一郎が密かに心待ちしていたクリーブランドの石油王ジョン・ロックフェラー邸に着いた。

門が開かれ、執事の様な人間が現れて案内に立ったが、庭は日本側の記録者が「深山幽谷」と形容したほどの広さで案内されなければ、屋敷にたどり着けなかったに違いない。

あとで聞くと百六十町歩（一町歩は九九〇〇㎡）あると言った。嘉一郎は期待していたもののロックフェラーは出て来ないかもしれないと思っていた。引退した人物で天文学級の資産を持ち、人とのかかわりを嫌っているかもしれないと庭を見て思ったのである。庭を抜けると植民地風のレンガ造りの屋敷が現れた。庭で圧倒されたのでこじんまりしているようにも見えた。玄関の上から屋根までは白く塗られ、緑の植物が白壁にもたれるように絡みついていた。青塗りの三角屋根でその下は彫刻をあしらっていた。入り口に花と彫刻を置いてあった。屋敷に通され、大理石の床を通って、二階の広間に通された。五十一人が座っても十分に余裕があった。

（出て来るのか）

話す予定が聞かされているわけではなかったが、広間に通して執事が話すわけでもあるまいと思った。やがて当のロックフェラーが現れた。日本人は全員椅子から立ち上がりお辞儀をして拍手をした。一斉のお辞儀に驚いたのか拍手に驚いたのかはわからなかったが、ロックフェラーは破顔した。

ロックフェラーはこの時七十歳。精悍で薄くなった髪を七三に分けていた。眉毛の下の目は引退した老人とは見えないほど鋭い。彼はこの後、九十七歳まで生きて百歳まで生きたいと残念がったと言うから健康だったのだろう。健康維持に人一倍気を付けていたというべきか。その考え方は息子にも引き継がれ息子は百歳まで生きようとした。

「皆さんがここに来る前に皆さんの名簿と履歴を見せてもらった。錚々（そうそう）たる人達ばかりだ」

（ほう。事前に調べているのか。引退した爺さんのやることではないな）

「私は引退してかなり時間が経つから皆さんに事業のことを教えるわけには行かないし、その資格もない」

通訳が間に立って英語を日本語に直していく。ロックフェラーはその終わった間合いで話を切り出す。

「だから私が腐心している慈善事業の話をしよう」

また一息入れた。

「どの様な国でも、志を以て生きようとしている若者は、人からの施しを受けようとはしない。そうではないか。若者は飢えや貧しさを恥としない」

嘉一郎は大きく頷く。

「慈善と言うのはそういう若者に手を差し伸べることなのだ」

さらにまた、嘉一郎は頷いた。

「先だって、ある高名な慈善団体がやって来た。私はその種の人達とは会わないことにしているのだが、紹介した人に義理があるので仕方なく会った。街の乞食は粗末な服を着て憐れみを乞うて金銭を強請るが、この種の連中は逆だ。その男も裕福そうな服を着て私に慈善を説いた。だから私は言ってやった。慈善団体などは町の乞食と変わらない。いや、それ以下だと」

（おやおや。現役の頃は怖かったろうな）

「男は怒って帰って行ったが。最も非効率で傲慢な慈善団体に金を預けてどうするか。そうではないか。皆さん。皆さんは最も成功した人たちで、と言うことは皆さんは最も上手な運用者と言える。国の官僚達や慈善団体の様な連中に運用など出来るはずもない。だから慈善は金を出す人が自分でやらなければ失敗する」

（その通りだ）

「ではどの領域が慈善と呼ぶにふさわしいか」

嘉一郎は固唾を飲んだ。

「大学の研究室への慈善、病院への慈善、天文学もそうだ。図書館の建設、教育への投資等々。さっき私は志ある若者は人からの施しなど求めないと言った。しかし、学校を建て教育の道を開いてやるのは若者の独立心を阻害しない。むしろ彼らは喜ぶだろう」

話が脱線したりするので、時間がどんどん迫っている。限られたわずかの演説に感謝する時間になった。司会者がまとめようとした時。嘉一郎が手を挙げ、前へ進み出た。五十一人の中で上位数人の格付けの人間だから、前列に座っていて、司会者も止められない。

「私は根津嘉一郎と言います」

通訳が訳してロックフェラーが頷いた。近寄ってみると、眼光がますます強く、若い頃は相当えげつないことをしていたのではないかと思わせた。にこやかに応対しているように見えて目の奥底が笑っていない。

「私は学校を作ってこれからの日本人を育てて行きたいのだが、何か助言の様な言葉をいただきたい」

「学校とはどのような学校か」

言われてとっさに

「私塾の様なものです」

と応えた。私塾の精神性の高さを言いたかったのだが、通訳がプライベートスクールと訳した。

「私立の学校だな」

私塾のことを理解していないといっても、それをしゃべると時間を浪費すると思った。

「そうだ」

「さっきも言ったが、大事なことは計画し実行しその成果を評価する事だ。金を出して喜んでいるだけでは慈善ではない」

嘉一郎は大きく頷く。

「もっと具体的に言えば、悪い場所に学校を建てないことだ。それから非効率な学校、不必要な学校になったら廃止してしまうことだ」

「なるほど。会社を経営するような眼を注ぐのだな」

「まさにその通りだ。それからな。ミスター根津。一番大事なことは現場に人を得ることだよ。つまり校長選びが大事だよ」

「なるほど」

「校長が生徒を教えることに情熱を傾け、学校の隅々まで目を光らせていれば、その学校は必ず成功するよ。あなたが使った金が生きたものになるはずだ」

そう言って笑った。そしてグッドラックと付け加えた。

武蔵学園の初代校長には、一木喜徳郎（いっききとくろう）が選ばれた。中高一貫教育に乗り出した嘉一郎の会心の思いは長く続いた。七年の教育課程を終えた生徒は無試験で帝大に入学できるという特典もついていている。設立に携わった人間が超一流であったがために、そういう特典もついているのだ。それでも嘉一郎の口うるささは変わらなかった。武蔵学園の理事長の職を務めているわけだから、好きなことを言う権利はある。しかも彼の私財投入で出来たわけだから雇われ理事長ではない。

ある日、正田と宮島を呼びだした。二人とも進んで武蔵学園には関わっていて武蔵学園の理事をしている。教育を振興させるべきというのは二人の信念でもあった。

「お呼びだそうで」

「おう。忙しいところに、悪かったな」

「何か？」

「武蔵学園も君達のおかげで順調なのだが、教授の何某（なにぼう）が気に入らない。あれを首にしたい」

宮島はまた始まったと思った。正田の方も同じ思いのはずだが、気品があるので穏やかに黙っている。仕方がないから宮島が進み出た。

「何某は委員会が選びあなたも直接乗り出して招聘した人だ。それを今聞けば、些細な理由で代えると言うんですか。話にならない」

相当の剣幕だったから嘉一郎は正田の方を見た。正田は言った。

「話になりませんね」

「何だ。お前達は。何で何某を弁護する。ははあ。賄賂でももらっているのか」

言うに事欠いて賄賂などと口走ったので、二人は激怒して返事もせずに帰ってしまった。

翌日、また電話が掛かって来て来いと言う。二人は嘉一郎の前に出た。昨日の怒りがぶり返して来たので二人とも黙っていた。

「何だ?何で何も言わない」

「賄賂を取るなどと言われては口をきく気にもなりません」

「賄賂?そんなことは言っていない」

二人は嘉一郎が反省したとわかって機嫌を直した。何某の話は二度と出なくなった。

一木が枢密院議長、そして宮内大臣に栄転して校長の席が空いた。大正十四年（一九二五年）のことである。嘉一郎は直ちに健次郎の下へ行った。校長は彼しかいないと思っている。ロックフェラーも言った。校長に人を得るかどうかで学校は決まると。会津藩のやり方をすべて踏襲するなど出来はしないが、徳育を通して若い人達を導かねばならないと切に思っていた。年を取るにつれて、その思いは強くなっていた。

「山川さん。一木さんの後の校長を受けてもらいたい」

「受けるのは光栄ですが、条件があります。これが満たされるなら受けさせて頂きます」

「聞きましょう」

「危急の時は校長の宰領で対処すること」

「当然です」

「教職員の恩給制度を作っていただきたい」

「了解しました」

「教員の留学制度を作って頂きたい」

「了解しました」

こうして山川校長が誕生した。健次郎はそれから五年の間、心血を注いで教育にまい進した。東大の総長の時は、子弟の教育どころではなく次々に惹起する問題の解決に忙殺され、神経の休まる時間もなかったが、ここでは違う。文部大臣が出て来ることもないし、部下の教授達が問題を起こすようなこともなかった。後ろにいる嘉一郎は理事長として君臨してはいるが、全面的に任せてくれた。各人の奮闘努力と徳育の教育だけを見ていればよかった。五年の後、昭和六年（一九三一年）になって健康上の理由から辞任した。その数か月後、亡くなった。


「喧嘩をしたら負けるな」

健次郎は他の少年と一緒に年長者の掛け声で畳に額を擦り付ける。

「年長者の言う事を聞け」

同様にお辞儀をする。

「毎日、集まりに出て来い」

さらにお辞儀をする。

その光景が最後の夢の中でよみがえったに違いない。

写真出典：武蔵学園記念室

エピローグ

その最期

昭和十四年七月、嘉一郎は南米親善の旅に出ることになった。話を聞きつけて宮島が飛んできた。

「何だ。何かあったか。俺は今出発の準備で忙しいんだ」

「その旅行のことで来ました」

「何だ」

「根津さん。あなたは八十歳を過ぎていましたよね」

「ああ」

「高齢のあなたが、豪華船とは言え船に何か月も乗って行ったこともない異国に行く。体に良いわけがないじゃないですか？悪いことは言わない。断りなさい」

「世の中には義理と言うものがある。それにわたしの体は元気だ。船旅などに負けるものか」

「根津さんにもしものことがあったらどうするのですか。藤太郎さんはまだ幼いでしょう？」

「藤太郎のことなどほっておけ。あれは自分で切り開くはずだ」

「東武鉄道のことを言っているんですよ」

「正田とお前がいる。何も心配することはない」

「武蔵学園は？」

「これも正田とお前で守り抜いてくれ。小林にも山本にも話してあるから二人をうまく使え。それからな。山本はまだ幼稚な所があるから育ててやってくれ」

「わかりました」

遺言みたいだなと思ったが、黙っていた。

それから三か月後、嘉一郎は元気に帰国した。

帰国してしばらくは元気そうだったが、ロスアンゼルスでひいた風邪が治まらず咳に悩まされた。病院に行くと静養した方が良いと言われ、熱海の別荘に行きそこでひと月静養した。

元気になってからは東京に戻って、毎日入って来る宴会をこなした。嘉一郎はお座敷が嫌いではなく、芸妓と戯れるのも好きだったが、この場合は義理が絡む宴会をこなしたと言うべきだろう。体の無理がきかず、一次会でお開きにした。
年末になって、恒例の茶会を連日開いた。二十五日になって茶会の途中で耳の痛みが激しくなり中座して病院に行き、そのまま入院した。熱が出て咳も出た。側頭部に頭痛が激しく中耳炎の症状も出た。熱が高くなって次第に衰弱した。医師がつききりで介護したが、次第に嘉一郎の意識が薄れ始めた。

嘉一郎は混濁した意識の中で夢を見ていた。

嘉一郎は鳥打帽を被り鉄砲を抱えて歩いていた。猟師が先導し仲間がその後に続いた。ハッとした時、猪が前を横切った。嘉一郎は鉄砲を構えると猪に狙いを定め、すぐに引き金を引いた。ドンと言う衝撃音がした。
「お客さん!何回言えばわかるのかね!こんな距離から撃っても当たらないよ。当たらないだけじゃない。獣はね。言葉がしゃべれるんだ。あれであいつは仲間の猪にすぐに逃げろと言ってしまった。もういつもの場所にはいないよ!」

今度は鴨が空を飛んでいた。嘉一郎は撃ちたい衝動を抑えられず、弾薬を装填すると素早く撃った。ドンと言う音が辺りに轟(とどろ)いたが、鴨はそのまま飛んで行った。

「お客さん！もう少し行った所に鴨が地上に溢れて撃ち放題なのに、何で我慢が出来ないんだね。集まっていた鴨は、今の音を聞いて皆逃げてしまっているよ」

嘉一郎は実業の世界では我慢することを知っていたが、鳥撃ちの世界では少しの我慢も出来なかった。しかし、全身全霊、鉄砲撃ちを楽しんでいた。

場面が変わった。大阪の骨董品の入札会場である。この日、大亀の香合(こうごう)と呼ばれる天下の逸品が出る予定になっていた。聞きつけた嘉一郎は急ぎ大阪に入った。会場に嘉一郎が姿を現すと静かなどよめきが起こった。

(根津が来よった)

(根津や)

(これはどえらい値段が出よるで)

ひそひそとした声が聞こえる。嘉一郎の興奮はその静かな囁きにおのずから高まった。

(今日は絶対落としてやる。どれほど金がかかっても構わない。大亀の香合だけは何と

しても手に入れねば）

その内、入札会場の入り口で人の波が揺れた。その度に嘉一郎は藤田伝三郎が来たのかと胸を騒がせた。二人の一騎打ちになるのは皆わかっている。藤田伝三郎は藤田財閥を起こした関西の重鎮で藤田組が有名だが、嘉一郎と同じく骨董品、古美術の収集家であった。嘉一郎は藤田とは茶会に招いたり招かれたりする仲だった。

嘉一郎は次第に高まる囁きの声に、負けてたまるかと敵愾心を燃やした。居るだけで入札価格が変わると言われているわけだから負けるわけには行かなかった。

（結局、藤田の野郎にはぐらかされて勝負なしで終わった。そして裏から大亀の香合は彼の手に落ちた。あれほど悔しかったことはないな）

また、場面が変わった。

正田貞一郎、宮島清次郎、山本為三郎、小林中の顔が見えた。先に逝った山川健次郎の顔も見えた。

彼が生涯かけてやり遂げようとした教育について、心残りがあった。設立から二十年余りを経て一応の手ごたえはつかんだが自分が去った後、どうなるかはわからなかった。と言うより教育事業に生きてずっと携わりたかった。俊英を育てそれを見ていたかったからだ。

（いや、このために正田と宮島を配しておいた。山本も小林も二人を助けて何とかしてくれるだろう）

そう思って安心した時、暗転が訪れた。

戦争の混乱もあったし、根津財閥の解体もあったので、武蔵学園の経営は大変だった。宮島は武蔵学園理事長にもなって密かに私財を提供したし、山本為三郎も理事長になった。小林中もその職を引き継いだ。正田は理事を続けた。四人で必死に武蔵学園を守った。膨大な骨董、古美術が四散しないために小林中と山本為三郎が当時大蔵省の主税局国税課長であった池田勇人を訪ねて交渉したのは有名な話である。嘉一郎が蒐集した古美術品は、武蔵学園を経て、新たに設立された根津美術館に寄贈された。それで解決だった。

令和四年（二〇二二年）武蔵学園は創立百周年を祝った。

根津嘉一郎　政治家および実業家としての一生

年	年齢	事項
万延　元年	1歳	甲斐国東山梨郡正徳寺村の根津嘉市郎の次男として出生
明治二十二年	30歳	平等村々会議員に当選
明治二十四年	32歳	山梨県東山梨郡会議員に当選・山梨県々会議員に当選
明治二十六年	34歳	**㈱有信貯蓄銀行（山梨中央銀行に合併）**を設立し監査役に就任 **㈱興商銀行**取締役に就任
明治三十一年	39歳	**徴兵保険会社**を設立し取締役に就任
明治三十二年	40歳	**房総鉄道㈱**取締役に就任　**東京電燈㈱**監査役に就任　**帝国石油㈱**を設立し社長に就任
明治三十三年	41歳	**巴石油㈱**を設立し取締役に就任
明治三十四年	42歳	**東京馬車鉄道㈱（現東京都交通局）**監査役に就任
明治三十五年	43歳	**東京市街鉄道㈱**を設立し取締役に就任　**東京鉄道㈱**を設立し取締役に就任
明治三十七年	45歳	衆議院議員に当選（一期目）
明治三十八年	46歳	**東武鉄道㈱**社長に就任
明治三十九年	47歳	**日本耐火煉瓦㈱**を設立し監査役に就任　**東京鉄道**取締役に就任（東京電車鉄道・東京市街鉄道・東京電機鉄道が合併） **帝国肥料㈱**を設立し取締役に就任 **館林製粉㈱**（日清製粉の前身）社長に就任
明治　四十年	48歳	**日本第一麦酒㈱（現アサヒビール、サッポロビール）**社長に就任 **大日本製粉㈱（日清製粉に合併）**を設立し社長に就任　**豊前採炭㈱**を設立し取締役に就任　**山梨新聞㈱**を設立し取締役に就任　**日本化学工業㈱**を設立し取締役に就任
明治四十一年	49歳	衆議院議員に当選（二期目）　**城戸炭鉱㈱**を設立し取締役に就任 **日清製粉㈱**社長に就任
明治四十二年	50歳	**京津電気軌道㈱（現京阪京津線）**を設立し取締役に就任　**㈱啓成社**を設立し社長に就任 渡米実業団に加わる

明治四十三年	51歳	**富士身延鉄道㈱（現JR身延線）**を設立し取締役に就任　東京米穀取引所理事長に就任　**武蔵電機鉄道㈱**（現東京急行）を設立し取締役に就任
明治四十四年	52歳	**宇和島鉄道㈱（現JR予土線及び予讃線）**を設立し取締役に就任 **北武鉄道㈱（秩父鉄道に合併）**を設立し取締役に就任　**東上鉄道㈱（現東武東上線）**を設立し社長に就任　**朝鮮煙草㈱**を設立し社長に就任
明治四十五年（大正元年）	53歳	**高野登山鉄道㈱（南海鉄道に合併）**社長に就任　衆議院議員に当選（三期目）　**帝国火災保険㈱**を設立し社長に就任　**横浜鉄道㈱**（現JR横浜線）取締役に就任
大正　二年	54歳	**大湯鉄道㈱（現JR久大線）**を設立し取締役に就任
大正　四年	56歳	**上毛モスリン㈱**を設立し社長に就任　**横浜電気鉄道㈱**取締役に就任
大正　六年	58歳	**高野大師鉄道㈱（南海鉄道に合併）**を設立し社長に就任
大正　八年	60歳	**日出セメント㈱**を設立し社長に就任　**東京紡績㈱（日清紡に合併）**を設立し社長に就任　**足利紡績㈱**を設立し取締役に就任
大正　九年	61歳	**東京地下鉄道㈱（現東京メトロ）**を設立し取締役に就任 **中央開墾㈱**を設立し取締役に就任 **横浜土地㈱**を設立し取締役に就任
大正　十年	62歳	**帝国劇場㈱**監査役に就任　財団法人根津育英会を設立し理事に就任
大正　十一年	63歳	**武蔵高等学校創立**　**南海鉄道㈱**取締役に就任 **西武鉄道㈱**取締役に就任
大正　十二年	64歳	**秩父セメント㈱（現太平洋セメント）**を設立し監査役に就任 **富国徴兵保険相互会社（現富国生命）**を設立し社長に就任
大正　十四年	66歳	**磐城セメント㈱（現住友大阪セメント）**取締役に就任
大正　十五年	67歳	**東北電力㈱**を設立し取締役に就任 **大社宮島鉄道㈱**を設立し社長に就任 **国民新聞社（徳富蘇峰創刊、現東京新聞）**に投資し共同経営
昭和　二年	68歳	**南朝鮮鉄道㈱**を設立し社長に就任
昭和　十五年	81歳	逝去

おわりに

『不屈のリーダー小林中』を二〇二三年六月に財界研究所から発刊しようとした時、小林中は自らの事績についてしゃべらず、むしろ事績を消して歩くような人だったため、資料がほとんどなく難渋した。そこで視点をかえて甲州財閥の最後の継承者として、若尾逸平―根津嘉一郎―小林中と続く甲州人脈の一人として捉える事にした。そうすると非常にわかりやすく、少ない資料が生き生きとして蘇って来る事がわかった。

表題を『蒼き高峰』として前編を若尾逸平―根津嘉一郎編として、後編を小林中編にした。前編は自費出版になって後編が商業出版になったが、甲州財閥の変遷を書き上げた。

結局、大本は根津嘉一郎だなと思い、今度書くにあたって調べ直したが、これがとてつもなく面白い。根津嘉一郎は頭にくると、人に物は投げるし激怒する場合は近くの椅子を振り上げたりしたが、それでいて自分に向かってくる人間が好きで、この男は骨があると思って信頼を厚くしたりする。小林中を含む五人の同志達に対しても年上の山川健次郎を例外として同じような対応をした。それに対して、宮島清次郎のように厳しく諫言する男から正田貞一郎のように穏やかに説得する男まで、それぞれであったが、共通している思いは根津嘉一郎が義侠の人で、他人がどう言おうと彼らへの信頼と評価を変えない人だと言う事だった。

根津嘉一郎が亡くなって戦争に負け、財閥解体が現実のものになった時、残った四人（山川健次郎は根津嘉一郎が亡くなった時は既に鬼籍に入っていた）は結束した。膨大な骨董品、古美術が散逸するのを防いで根津美術館を作り、赤字が続く武蔵学園を守るために努力した。東武鉄道の立て直しにも助力した。

人の評価は棺桶の蓋（ふた）を閉めるまで分からないと言うが（棺（ひつぎ）を蓋（おお）いて事定まる）傑出した四人が身を投げうって根津嘉一郎が遺した物を守ろうとするのを見ると、根津嘉一郎の遺徳の高さが尋常でなかった事がわかるであろう。

現在の東武鉄道や根津美術館、武蔵学園の隆盛を見るにつけ、この作品の成立に携わった人間として大変喜ばしいと思う事しきりである。

参考文献

根津嘉一郎『世渡り体験談』
根津翁伝記編纂会編『根津翁伝』
伝記叢書『伝記・若尾逸平』
宮島清次郎翁伝記刊行会『宮島清次郎翁伝』
正田貞一郎小伝刊行委員会編『正田貞一郎小伝』
阪口昭『寡黙の巨星：小林中の財界史』
小林中追悼録編集委員会編『追悼小林中』
山本為三郎翁傳編纂委員会編『山本為三郎翁傳』
山川健次郎顕彰会『山川健次郎小伝』
伝記叢書『過去六十年の事蹟—伝記・雨宮敬次郎』
岩崎清七史編纂委員会編『不撓不屈、岩崎清七の生きざまが今に伝えること』
東京経済大学資料委員会編『大倉喜八郎かく語りき』
ジョン・D・ロックフェラー『ロックフェラー お金の教え 成功と幸福と豊かさへの道』

福井保明

1952年兵庫県生まれ。1976年京都大学経済学部卒業後、野村證券入社。1981年慶應義塾大学大学院経営管理研究科卒業。ニューヨーク勤務、営業企画部長、野村證券取締役などを経て、野村不動産投資顧問社長を最後に定年退職。2018年5月、幕末に材を取った歴史小説『小栗又一』『蝦夷共和国』を出版。2019年11月『事を成すには狂であれ――野村證券創業者　野村徳七その生涯』（プレジデント社）、2023年6月『不屈のリーダー・小林中の一生』（財界研究所）を刊行。剣道と少林寺拳法の有段者。東京都在住。

根津嘉一郎と５人の同志たち

2024年6月25日　初版第1刷発行

著者　福井保明
発行者　村田博文
発行所　株式会社財界研究所
［住所］〒107-0052 東京都港区赤坂3-2-12赤坂ノアビル7階
［電話］03-5561-6616
［ファックス］03-5561-6619
［URL］https://www.zaikai.jp/
印刷・製本 日経印刷株式会社
装幀　相馬敬徳（Rafters）

ISBN978-4-87932-164-0
定価はカバーに印刷してあります。
表紙カバー写真出典：武蔵学園記念室